A PESTE DAS BATATAS

Pomelo

PAULO SOUSA

A PESTE DAS BATATAS

Coordenação geral: Ricardo Bonacorci e Paulo Sousa
Coordenação editorial (book advisor): Eduardo Viegas Meirelles Villela
Revisão de língua portuguesa: Joaquim Maria Botelho
Revisão técnica: Ricardo Bonacorci e Paulo Sousa
Projeto gráfico, diagramação e arte da capa: Marcelo da Paz
Fotografia: Igor Dutra
Impressão Gráfica: Gráfica Mundo

Dados Internacionais de Catalogação na Publicação (CIP)
Bibliotecária Juliana Farias Motta CRB7-5880

S729p Souza, Paulo Eduardo Nunes de

A peste das batatas / Paulo Eduardo Nunes de Souza . – 1.ed. -- São Paulo : Editora Pomelo, 2019.
192 p. ; 16 x 23 cm.

ISBN:978-65-901584-0-6

1. Ficção brasileira. I. Título
CDD B869.3

Índice para catálogo sistemático:

1. Ficção brasileira

pomelo@editorapomelo.com.br

FSC
www.fsc.org
MISTO
Papel produzido a partir de fontes responsáveis
FSC® C074388

Livro impresso em Minion Pro 12, papel Pólen Bold 90 g/m², com certificação FSC.

Agradeço, em primeiro lugar, a meus pais, pela educação e pelas oportunidades que sempre me deram.

Agradeço a Eduardo Villela, book advisor e desbravador de trilhas editoriais, que capitaneou a publicação desta obra.

Agradeço a Ricardo Bonacorci, grande escritor e estudioso da literatura, cujos trabalhos de revisão e leitura crítica me mostraram o quanto eu tenho que aprender.

Agradeço a Marcelo da Paz, ilustrador e designer, que agregou neste livro um inestimável valor artístico.

Agradeço a Joaquim Botelho, cuja fama lhe precede, pela revisão impecável e pela gentileza do prefácio.

Agradeço a Igor Dutra pelo trabalho fotográfico e pela amizade.

Finalmente, agradeço você, leitor ou leitora, razão de existir de qualquer obra publicada. Faço votos de uma experiência prazerosa e de leve fruição, e que mande o tédio plantar batatas!

AGRADECIMENTOS

Prefácio – Ao vencedor, as batatas 08

Parte 1 – A Peste 11

Parte 2 – A Tese 37

Parte 3 – A Experiência 87

Parte 4 – A Cura 151

Posfácio – Absurdos Reais 186

SUMÁRIO

PREFÁCIO
AO VENCEDOR, AS BATATAS

POR JOAQUIM BOTELHO

Parece uma alegoria despretensiosa este livro de Paulo Sousa. Parece, apenas. Começa com uma premissa criativa, mas absolutamente plausível – a extinção das batatas –, que nos leva a refletir sobre outra catástrofe em vias de ocorrer, que é a extinção total das abelhas no nosso planeta, armagedon alardeado há anos e ao qual a maioria da população não se comove, como deveria. Imagine-se a Europa sem batatas, um tubérculo alimentício que nasce abaixo do nível do solo alcançado pelo frio dos invernos.

Este é o roteiro de "A peste das batatas", livro que vai assumindo, página por página, em capítulos curtos e concisos, um tom de sátira político-social que nos diverte, a princípio, mas nos faz refletir quando percebemos em que profundidade o autor mergulha. A estratégia é perspicaz, audaciosa e planejada. Tropeçamos em tipos de certo modo datados, mas que na atualidade têm a sua conveniência para o registro temporal da narrativa. O presidente leva o nome de José Vlad da Silva. Vlad é o diminutivo romeno para o lúgubre Conde Drácula, o vampiro – e algo da graça já se vislumbra a partir da onomástica, porque desse presidente não há o que temer, a não ser a sua ânsia pelas aparições públicas. José e Silva são dois antropônimos brasileiríssimos, e coroam o intento de mostrar que um homem do povo chegara ao poder. Mais não digo; o leitor que acompanhe as peripécias e descubra por si mesmo os paralelos com o Brasil de agora – ou de sempre.

Em jogo, a ciência, a educação, a política, a solidariedade. Em xeque, as ambições, a corrupção, a burocracia, o dolo e a desonestidade. Aqui e ali, lições exemplares do nosso cotidiano, para serem imitadas ou desprezadas. O leitor vai encontrar situações burlescas, pitorescas, romanescas, com ingredientes de narrativas de histórias em quadrinhos, comédias de pastelão, romance de capa e espada. É uma simbiose de gêneros que faz vibrar a imaginação e os sentidos.

Devagar, a narrativa vai sendo semeada de informações técnicas, de âmbito geral, ilustrando à perfeição a densidade das ocorrências e o que delas advirão para os personagens e para o mundo.

Do ponto de vista da linguagem, o autor logra uma interessante mescla entre o discurso formal e a oralidade, numa narrativa natural que não incomoda os letrados e não abusa, ao mesmo tempo, de quem não domina com tanta propriedade o vernáculo. Os diálogos aproveitam as imprecações, deprecações e gírias - de novo um jeito de datar o texto, que pode ser um defeito no futuro, quando a efemeridade das gírias completar o seu ciclo e elas passarem a ser ininteligíveis. Portanto, as circunstâncias abordadas, na graça momentosa que o autor lhes confere, definem um livro para hoje, para o mundo de agora. Mas o compromisso do respeito ao meio ambiente, o anúncio trágico das ameaças potenciais que a espécie humana causa à sua própria sobrevivência, esses perdurarão. É como um mosaico piscante do alerta vermelho da destruição.

Paulo não se contém e termina com um final - se não feliz - esperançoso. Pode parecer piegas, mas traz em si um recado para as gerações vindouras: cuida, e possuirás. Enfim, mais um atributo educativo deste livro que precisa alcançar, urgentemente, os olhos e os corações da nossa juventude. Torço para que seja lido por muita gente. O mundo precisa de livros como este.

Joaquim Maria Botelho

Escritor, ensaísta, jornalista, crítico literário e
ex-presidente da União Brasileira de Escritores.

1 PARTE

A PESTE

1 CAP.

Omar estava imerso em pensamentos espinhosos. Amaciando os bancos de couro, tentava distrair a mente. Quando preocupado, sempre recorria ao seu carro. A máquina tunada ostentava calotas metálicas em rodas de grande aro. A pintura, de um vermelho intenso, reluzente como espelho. Internamente, pedais e volante estilizados. O painel fora reconstruído com novo conta-giros e um som poderoso. Omar tratava seu Santana GLS, motor 1.8, ano 91, como a joia da casa.

Domingo, nove de setembro de 2018. São 17 horas e faz 29 graus no Vale das Batatas. Você vai ouvir agora 'Nada apaga essa paixão', de Maurício Mattar.

As músicas da estação Raiz Radial agradavam a Omar, principalmente as românticas, que o faziam lembrar dos bons momentos que vivera com seu carro. Jamais esqueceu o dia em que o possante chegou ao sítio, ainda com a cor original e com aquele cheiro de novidade que marcara tanto sua infância.

Logo, o pai levou o garoto animado para um passeio de horas, querendo ver se o carango aguentava as subidas íngremes que bordeiam a região. Foi a primeira vez que Omar sentou no banco da frente, sem cinto, com o vento doce do campo a acariciar-lhe o rosto imberbe.

Sua estreia na direção foi no colo do pai, na volta de uma missa. Sob protestos de Wanda, a mãe zelosa, mexia no volante, incentivado por seus dois heróis. Enquanto Ayrton Senna acelerava pelo rádio, Esteves Salgado pisava fundo nas ruas de terra do Vale. Quando percebeu, a vida havia dado voltas por sua meninice. Aos 14 anos, aprendeu a dirigir de fato. Parecia ter nascido com o dom, e logo foi promovido a piloto principal da família. Antes dos 18, já pegava o caminhão carregado de batatas, muitas vezes com seu velho cochilando no banco de passageiro.

A quilometragem do veículo crescia, bem como a idade e as responsabilidades. Precavido, pendurou um pé de coelho no retrovisor e grudou dois ímãs no porta-luvas, imagens de Santo Ambrósio, seu protetor, e de Nossa Senhora Aparecida. O Santana foi uma das heranças do pai, além do sítio, do ofício batateiro e das saudades. Lembranças que iam e vinham a Omar enquanto lustrava o painel do carro. As manchas de dedos insistiam em permanecer visíveis.

"Larga a mão desse carro, homem!"

Era Rosa, sua esposa que acabara de chegar. Longos cabelos morenos e sardas no rosto, fruto de muitos anos trabalhando sob o sol. Vestia um avental branco de cozinha, com marcas de gordura e um desenho de galinha a chocar. "Tuas filhas te esperam pra uma sessão de DVD. Vai passar *As Abelhinhas II*, aproveita que fiz curau."

"Avisa elas que eu não posso com abelha", brincou Omar.

"É amanhã que tu vai no banco, né?"

"Vou ver se aqueles miseráveis liberam meu crédito."

"Vamos rezar pra que Deus nos abençoe."

Nessa hora, a música do rádio é interrompida para a entrada do Excelentíssimo Senhor Presidente da República, José Vlad da Silva. Era seu primeiro pronunciamento após as vaias recebidas no desfile militar de Sete de Setembro.

A oposição radical ataca-me até nos momentos mais festivos. Entretanto, mesmo assim, sobre meu trabalho, continuá-lo-ei. Quero saudar os fazendeiros, os pequenos produtores de nosso país e, principalmente, os batelticultores. As batatas da agricultura familiar são muito importantes para a economia, sendo um sustentáculo para o nosso crescimento como um todo. Por isso, o Governo já distribuiu mais de 30 milhões de reais de créditos a essas famílias, através do Programa Nacional de Fortalecimento da Agricultura Familiar, o Pronaf.

Deixo claro que este Governo está ao lado de vocês, famílias de produtores e produtoras nacionais, para dialogarmos e planejarmos o futuro desta cultura tubercular. Dar-lhes-emos as melhores condições para que possam trabalhar. Muito obrigado.

"Hipócrita!", Omar jogou a flanela no assoalho. "Eu aqui me ferrando pra conseguir o empréstimo e chega esse presidente falando merda."

"Calma, meu bem. Não adianta se estressar, se tiver que vim, o Pronaf vem."

O locutor da Raiz Radial retomou a palavra e anunciou que o Presidente havia confirmado sua presença na Batata *Showroom*, feira de tecnologia agrícola que, pela primeira vez, seria sediada no Vale. Isso bastou para Omar desligar o rádio, fechar o carro e deixar a garagem junto com Rosa.

Na sala, sentaram-se em frente à TV, enquanto no sofá lateral suas filhas comiam curau. Acomodada numa poltrona, Wanda fechou seu livro e perguntou "Que cara é essa, filho?"

"É esse presidente, não fala nada que presta. Do jeito que esse cara é zicado, vai zicar todas as batatas por aí", e apertou o play do DVD.

Ele não sabia o alcance de suas palavras.

2 CAP.

Omar acordou às cinco da manhã, rotina que cumpria desde tenra infância. Abriu a janela e deixou a fraca luz do dia passar pelo apanhador de sonhos. Gostava de sentir o cheiro matinal enquanto admirava a paisagem do Vale. Sua casa ficava num recanto aos fundos do sítio de três hectares, espremida pela plantação de batata. A arquitetura era à moda antiga, com a entrada principal na cozinha, cômodo de aspecto acolhedor e interiorano, como que um convite ao café. Tinha o piso uniforme, de cerâmica vermelha bem terrosa. Suas janelas eram de madeira envernizada.

Ele acordou a esposa com um beijo na testa e, em seguida, as filhas. Maria Luiza, a Malu, acordou com facilidade, calçou os chinelinhos e saiu para a cozinha. Já Maria Fernanda, a Mafê, sempre fazia birra, apesar de ser a mais velha. Rolava, reclamava, resmungava. Só saiu da cama quando sua avó apareceu e a embrulhou nos braços. A família foi tomar o café reunida em volta da mesa da cozinha.

“Que horas tu volta do banco?”, perguntou Rosa.

“Umas quatro, mas vou direto pra rinha do Brandão.”

“Se eles não entregarem a grana hoje, tamo tudo fudido.”

Eles ouviram um leve toque na porta que, sem autorização, começou a ser aberta. Um jovem alto e forte entrou, de cabelos longos e uma fita na cabeça. Sem qualquer palavra, sentou-se à mesa, como se fosse alguém da família.

"Índio, torce pela gente hoje. O Omar vai lá no banco ver se o crédito saiu."

"Vou torcer, dona Rosa."

"Claro que vai torcer! Se o dinheiro não sair você perde o emprego!", disse Wanda, a rir de uma possível tragédia. A velha tinha um humor ácido.

"Também não é bem assim", replicou Omar. "Essa safra até que tá vendendo. Depois que a gente vender ela toda, talvez sobre uma graninha. Bem ou mal, até janeiro a gente tá garantido."

Pouco depois das seis da manhã, Omar saiu com as filhas, vestidas com uniforme escolar. Ele estava de jeans, camiseta, botas e repelente. Os três foram até a caviúna do cerrado, ao lado esquerdo da casa, uma árvore de troncos retorcidos e poucas folhas marrons. Omar fez o sinal da cruz, gesto repetido pelas meninas.

Em seguida, se dirigiram para a distante porteira. Cada uma de um lado do pai a segurar suas mãos. O sítio tinha 12 lotes de quase 2.000 m^2, cada um em seu estágio de plantação. Alguns estavam avançados, prontos para a colheita; outros eram adubados.

Não havia escolas no Vale, por isso, as crianças tinham que viajar bastante até a sala de aula mais próxima. O veículo chegou e as meninas embarcaram. Assim, Omar se dirigiu ao lote que estava sendo colhido no dia. Acompanhava de perto o trabalho de seus funcionários, conforme ensinara seu pai. Quando necessário, não hesitava e botava a mão na massa. Por isso, passou a retirar as batatas do solo e colocá-las em caixas plásticas, junto com Índio.

Nesse momento, um novo ajudante chegou à colheita para trabalhar como horista durante a safra. O sujeito era jovem e gordo, estava de regata azul e trazia um elefante mal tatuado em seu roliço braço direito.

"Não vai me apresentar a carne nova, Índio?", perguntou Omar.

"Patrão, esse é o Elefante."

Um pouco intimidado, o adolescente cumprimentou o dono do sítio. Olhando bem, Omar pôde reconhecer traços familiares no empregado.

"Você é filho do Adalberto, vizinho do Agenor, certo?"

"Sim, senhor, a gente mora logo depois do riacho."

"Gente boa, o Agenor. Mas que bom, Elefante, você não tem desculpa pra chegar atrasado."

Com um sorriso amarelo, o rapaz voltou ao trabalho, assim como Índio, que levantou mais um caixote e o carregou no ombro por mais de 100 metros até a área de manuseio, um galpão ao lado da garagem. Chegando lá, gritou "mais uma!" e despejou tudo num compartimento.

Quem cuidava do galpão era Rosa. Ela era a responsável pelo comando da Marinheira, apelido da máquina que dispensava terra e gravetos, lavava as batatas e, no final de seis metros de esteira, entregava 50 quilos do tubérculo em uma saca de juta.

A colheita durou quase três horas e terminou com Índio e Elefante transportando as sacas, desde a Marinheira até o caminhão semipesado. O grande veículo ficava estacionado na garagem, ambiente com piso xadrez e prateleiras repletas de ferramentas. Do mesmo tamanho que a própria casa, o lugar era limpo e bem cuidado, afinal, era também o dormitório do Santana GLS.

Com pouco mais de uma tonelada na carroceria, ou 23 sacas, Omar saiu do sítio ao lado de Índio, pontualmente, às dez da manhã. Deixaram Elefante e Rosa na lida diária e partiram rumo ao Centro de Distribuição de Tubérculos do Vale das Batatas, conhecido como CDT, pensando que teriam um dia normal de labuta.

3 CAP.

O caminhão atracou nas docas oeste, destinadas à entrada dos tubérculos. Omar e Índio, cada um com uma saca ao ombro, cruzaram o CDT, um grande galpão do tamanho de dois campos de futebol coberto por telhas de amianto suportadas por espaçadas pilastras de ferro. O pé direito e as docas garantiam a iluminação daquele imenso espaço cheio de batatas, mandiocas, cenouras, beterrabas e pessoas.

A dupla chegou até as poucas quitandas, próximas à entrada principal. Uma delas pertencia a Jayme, sujeito rústico, do tipo machão, cabelos soltos e cavanhaque hirsuto. Ele carregava no peito um grande crucifixo, que o protegia nas brigas em que amiúde entrava. Trazia o filho para trabalhar, sua miniatura de 13 anos chamada Jayminho.

Omar e Jayme se abraçaram e ficaram a conversar, enquanto seus ajudantes foram pesar e faturar as sacas.

"É hoje, caralho. É hoje que eu consigo aquela grana."

"Quanto que é essa brincadeira, Omar?"

"Vou tirar 190 mil, véi."

"Acho que hoje vem, uma hora tem que vim", ponderou Jayme. "Meu primo conseguiu 220 mil faz dois meses, já está adiantando adubo, prestação de máquina, essas coisas."

"Caramba, que que ele fez pra ter essa bênção?"

Intrigado, Omar não pôde ouvir a resposta. Jayminho entrou na barraca e cortou o diálogo ao gritar "Tá dando 47, pai!"

"Que porra é 47?"

"As sacas do Omar tão com 47 quilos."

O agricultor, que sempre prezou pela lisura nos negócios, retificou-se. "Jayme, você me pagou 50 quilos, vou trocar essas porras. Deve ter dado alguma merda na Marinheira."

O quitandeiro foi compreensivo, além de apressado para voltar ao balcão. "Suave, tá em casa. Agora vai lá cuidar dos seus viageiros que eu tenho que armar a barraca pras minhas clientes", despediu-se.

De fato, o forte do CDT não eram os comerciantes locais, mas os diversos caminhoneiros que vinham de todo o Brasil comprar tubérculos e distribuí-los. Por causa das longas viagens que faziam, eram chamados de viageiros. Ficavam nas docas leste, o que garantia uma circulação infinita de pessoas no interior do CDT. Aquele espaço era próprio para intensas negociações, cobranças de dívidas e bate-papos descompromissados. Era um vaivém ininterrupto de carrinhos e sacas nos ombros.

As vendas no atacado duraram duas horas, com o preço médio da saca em 65 reais, pagas em cheque ou dinheiro vivo. Omar anotava tudo em sua caderneta enquanto Índio fazia as movimentações das cargas. Ao meio-dia, o CDT esvaziou, sobrando apenas mendigos a procurar pela raspa do tacho. Nessa hora, os agricultores começaram a se agrupar para a famosa resenha pós-expediente.

Havia muitos grupos de homens, em pé, a conversar. Aproveitavam também para beber, fumar, jogar truco e damas. Estavam excitados, conversavam sobre a rinha de galo que aconteceria naquele dia. Jayminho e Índio eram os que mais falavam, seus animais lutariam no evento, cada um com seu adversário. Os dois trocavam boas práticas de como treinar os combatentes de modo a torná-los violentos e fortes.

Sem cabeça para a rinha, Omar se aproximou e puxou assunto com o filho de seu amigo. “Jayminho, quer dizer que o primo do teu pai conseguiu o financiamento...”

“Pois é, tio.”

“Como que ele conseguiu isso?”

“Olha, eu não sei de nada, mas a mulher dele mexe com macumba, simpatia, esses negócios de espírito. Ela disse que era só colocar cinco sementes de romã na carteira que isso chamava o dinheiro.”

“Interessante...”, respondeu Omar.

Ele ficou mais meia hora no papo e retornou com Índio para o sítio. Lá chegando, já havia comida no prato, Wanda preparara um almoço simples para a família e os funcionários que, por falta de espaço à mesa, comiam de pé.

“Tá gostando de trabalhar aqui, Elefante?”, disse Rosa.

“Tô, sim senhora.”

“Com esse nome, você devia é trabalhar num circo”, salientou Wanda, arrancando risadas.

“Deixa o menino, mãe”, disse Omar, virando-se para Rosa. “Você viu alguma coisa estranha hoje na Marinheira? O Jayme reclamou que as sacas saíram com 47 quilos.”

“Isso aí é variação da máquina”, falou Rosa. “Não há de ser nada, não esquenta a cabeça, homem.”

Omar conhecia da lida e da terra, sabia que algo não estava em ordem no reino das batatas. “Você precisa ficar mais esperta, viu que a saca saiu menor, confere.”

“Mas eu faço isso, estava tudo normal hoje.”

“Isso não pode acontecer, queima meu filme. Amanhã vou ver essa merda.”

A sobremesa foi servida por Wanda, que preparara paçocas durante a manhã.

"Gosto de paçoca de doce", elogiou Índio.

"E tem paçoca de sal? Eu sempre comi de doce", retrucou Omar.

"Tem os dois tipos, mas eu coloco coco ralado que deixa ela assim. Eu sempre tenho coco ralado em casa", disse Wanda.

"E romã, mãe, tem aqui em casa?"

"Não tem, por quê?"

"Por nada. Me falaram que faz bem."

Depois do cafezinho, voltaram às atividades. Wanda se ocupava dos afazeres domésticos, enquanto Rosa e os funcionários foram à lavoura. Omar seguiu até o escritório da casa, um quarto apertado nos fundos da garagem, para separar a documentação que seria levada ao banco.

4 CAP.

"Olha, Omar, tenho duas notícias para você, uma boa e outra ruim. Qual você quer primeiro?"

"Manda logo a ruim que depois só melhora."

"Seu financiamento não saiu."

"Oxi! De novo! É impossível, deixa eu ver."

Fátima virou seu monitor que mostrava OMAR SALGADO – NÃO CONTEMPLADO.

"Mas eu assinei o contrato."

"Eu sei, o Banco do Brasil vai lhe repassar o financiamento ainda neste ano. Como a demanda foi muito grande, os fundos acabaram antes da hora e eles prorrogaram o prazo para recebimento."

"Esses políticos são muito incompetentes... qual a boa notícia?"

"Você ganhou um dinossauro!"

Dizendo isso, Fátima pegou debaixo do balcão uma pelúcia e a agitou no ar. "As Marias vão gostar, que eu sei, é uma campanha para incentivar as crianças a pouparem a mesada."

"Vocês deviam me dar o financiamento, daí elas poderiam ter uma mesada."

"Segura firme que você vai conseguir. Você não é o único assim, vários clientes também não receberam. O site do Pronaf nem está mais no ar."

"Então me ajuda desde agora, me vê mais um dinossauro pra não ter briga lá em casa." Omar pegou os mimos e, um tanto tímido, perguntou "Como é que seu marido conseguiu?"

"O Agenor pediu o financiamento para batata e mandioca, a gente planta os dois. Daí eles devem ter dado prioridade. A mandioca é um Presente de Deus."

"Amém."

Fátima era uma mulher inteligente, traços nipônicos. Junto com Agenor, formava um casal benquisto no Vale. Ele era bonachão, gordinho, meio careca e piadista. Há muitos anos chegaram ao Vale procurando uma vida mais segura. A família vivia muito bem, ela como gerente do Banco do Brasil e ele como agricultor.

Omar achava injusto uma família com mais condições ter conseguido o financiamento e ele não. Além disso, ele tinha duas filhas para criar. Entretanto, desde cedo, aprendera que a vida não é justa e que a corda sempre arrebenta do lado do mais fraco.

"A culpa é daquela gente de Brasília, tudo corrupto. Devem ter pegado o dinheiro pra eles, esses ladrões, bandidos, fidumas éguas..." Quando percebeu, ele estava esganando as inocentes pelúcias. "Sabe, Fátima, esses dinossauros me lembram uma música que meu pai me ensinou. Pelo menos vou poder ensinar minhas duas bagunceiras lá em casa."

"Fica tranquilo. Passa aqui no mês que vem, muito provavelmente o financiamento já terá saído." Quebrando o protocolo, Fátima deixou seu balcão para abraçar o cliente amigo.

Quando retornou ao seu Santana, Omar ficou imóvel por alguns minutos. Pensava em qual boleto teria que adiar e em como sobreviveria se sua dívida explodisse. Uma lágrima caiu de seus olhos, a boca tremeu.

"Devia ter comprado romã", disse para si mesmo.

Engoliu o choro e partiu para a rinha de galo. Lá chegando, encontrou Jayme com dois copos de cachaça numa mão e, na outra, seu segundo filho, o galo combatente. "Viva o Muhammad!", gritou, secundado pelos demais batateiros, que bateram os copos com força. Abstêmios, Omar e Jayminho brindaram com guaraná. "Viva!"

Jayme estava excitado, bebeu uma dose e serviu sua cria, que faria a próxima luta. Dizia ser esse o segredo de tamanha valentia. Muhammad Ali era um legítimo macho da raça shamo, de pernas longas e penas marrons com detalhes avermelhados. Jayme mandara trazê-lo direto do Japão. Musculoso e elegante, parecia desfilar, sempre pata ante pata, como se andasse a cruzá-las.

Na rinha, era mortal. Lutava como um dançarino, revelando sua classe a cada gesto, como as esporadas reversas, seu principal e derradeiro golpe. Por lutar como quem dança, ganhou o apelido do segundo maior pugilista da história.

"Vai apostar no meu galo, Omar?"

"Hoje não, Jayme, tô duro. Vou ter que segurar a grana, os caras do banco não me deram o financiamento. E olha que eu assinei a porra do contrato."

"Que merda, hein? Sabe que eu também tenho um primo que ficou sem financiamento por dois anos seguidos? Ele se fudeu, ficou cheio de dívida, a mulher deixou ele, ficou com depressão e tudo. Mês passado morreu de infarto nos miocárdio."

Omar fez o sinal da cruz.

Píííí

Com um apito estridente, Brandão chamou a atenção de todos. As lutas iriam começar. Os homens se aglomeraram ao redor da rinha, um decágono de madeira com 60 centímetros de altura, com as paredes cobertas por lona branca. Alguns usavam caixotes para ver por cima dos ombros alheios. Agenor, o *announcer*, tomou a palavra.

"Senhoras e senhores, este primeiro combate será realizado de acordo com as regras da Federação de Raças Autênticas Nacionais de Galismo Olímpico, a FRANGO. Serão dois tempos, o primeiro de 20 e o segundo de 25 minutos, com refresco de dez. Os animais estão munidos de esporas de plástico de ponta dois, a mais fina. Peço que, por favor, ninguém bata palmas durante o combate, não joguem nada dentro do rebolo e, principalmente, tentem não se matar."

O marido de Fátima, que támbémfazia o trabalho de juiz, chamou os criadores para posicionarem suas criaturas. Jayminho lançou Muhammad Ali no tambor, e o galo logo deixou claro que era o maior e o mais forte. Chutava e saía ligeiro, conduziu a luta como quis, sabia os atalhos do ringue.

Um minuto e quatro esporadas depois, seu pobre adversário já estava batido, sem bico e torto. Agenor decidiu interromper a luta e levantou Muhammad, declarando-o vencedor por nocaute seguido de morte. A torcida foi ao delírio, gritava e se abraçava como num gol, admirados com tamanha destreza. Jayminho recebeu seu galo vencedor e Jayme correu ao encontro de seus filhos, enquanto pulava e jogava cachaça pelos ares.

As lutas transcorreram até o combate principal, com Calcutá, galo de raça homônima que tinha penas pretas, bico alongado e olhos alaranjados. Criado por Índio, o combatente se alimentava de uma ração especial feita de sementes, grãos e vegetais. A única carne que ele gostava era do pescoço de seus adversários.

Você é o que você come.

Calcutá havia feito poucos combates, mas suas vitórias sangrentas o elevaram ao status de promessa do Vale. Sua chegada ao certame foi comemorada porque era o favorito nas apostas. Caiu na rinha e fez valer seu ímpeto jovem. Sua guarda era alta e, após algumas investidas, o papilheiro fincou seu bico na papada adversária, parou por alguns segundos segurando o oponente até largá-lo inerte no chão. Agenor abriu contagem, mas não havia o que ser feito senão declarar vitória de Calcutá por nocaute.

Fim da noite, rapidamente todos se dispersaram. Omar logo tomou o rumo de casa. Índio e Jayminho conversavam e foram os últimos a sair. Não perceberam que seus galos a tiracolo ficaram a se encarar olho no olho, apesar do perfil lateralizado do crânio.

Omar chegou em casa junto com as Marias, que deixaram suas mochilas na cozinha, pediram a bênção à avó e foram para o banho, momento em que sempre contavam para a mãe as novidades do dia.

"Hoje eu aprendi a desenhar o C", disse Malu.

"Não é desenhar, é escrever", implicou sua irmã.

"Sabe o que começa com C? Cão. Mãe, fala uma coisa com C."

"Calote."

"Que que é calote?", perguntou Mafê.

"Calote é quando tu deixa de pagar alguma coisa que você comprou."

"Carro", lembrou Malu, sem se importar com a explicação.

"Caminhão."

"Cristo, é sempre bom lembrar de Jesus", disse Rosa ao encher a cabeça das duas de religião e xampu infantil.

"Mãe, Jesus é Deus?"

"Deus, Jesus e o Espírito Santo são a mesma pessoa, Maria Fernanda."

"O Jesus existe?"

"Que é isso, menina, falar isso é pecado, bate três vezes na boca", e a filha mais velha obedeceu.

"Cabo", salientou Maria Luiza, imersa nas possibilidades da letra C.

As Marias saíram do banho e encontraram seu pai com as duas pelúcias que ganhara.

"Um bicho!", gritou Malu.

"Não é um bicho, é um dinossauro", corrigiu sua irmã, que logo emendou "Pai, dinossauro existe?"

"Tá muito perguntona essa menina hoje", alertou Rosa.

"Ele existe sim, meu amor. Quando eu tinha a idade de vocês, o vovô me ensinou uma música bem legal, do dinossauro serelepe."

Omar, então, ensinou a música para as filhas.

Dinossauro serelepe,
pula a linha de araçá.
Vai correndo pela estepe
ajudando no plantar.
Cada salto dessa dança
vai mostrando o caminhar.
Brincadeira de criança
linha a linha no saltar.

Para cada redondilha maior, as Marias faziam a mímica com seus dinossauros. Ora pulavam, ora pisavam. Logo decoraram a música e passaram a repeti-la incessantemente. No jantar, as pelúcias as distraíram da conversa chata dos adultos.

"Que vergonha, esse mês a gente vai ficar no apertume com o dinheiro", lamentou-se Omar.

"Vergonha é roubar e não conseguir carregar", respondeu sua mãe.

"Tudo por causa desses políticos que roubam tudo o que encontram. E eu aqui vivo pra pagar dívida. São parcelas de três safras, do caminhão, da Marinheira..."

"Da reforma do teu carro...", interrompeu Rosa.

"Isso é importante, a gente vai andar como?" Desde os tempos das extravagâncias de adolescente, Omar não ouvia tanta discussão sobre os gastos com o Santana.

"Parece que você fala isso desde que nasceu", brincou Wanda.

"Teu carro tem que ser usado mesmo, já que você gasta tanto com ele. Eu é que cada vez me apego menos aos bens materiais." Após o desabafo, Rosa quis colocar panos quentes para servir um pouco de esperança. "De toda forma, meu amor, se o dinheiro não sair, eu posso começar a vender Avon, sopa, montar um brechó..."

5 CAP.

No dia seguinte, Omar acordou mais cedo para examinar a Marinheira. Lubrificou rolamentos, trocou correias, higienizou a tubulação e poliu o alumínio. Quando as primeiras batatas foram lançadas, a máquina estava preparada para entregar sacas de 50 quilos. Fazia muito tempo que ela não funcionava tão silenciosamente. As sacas saíam com batatas fresquinhas, no peso correto e com a juta bem trançada. Em uma hora, todas estavam em conformidade.

"Eu já sabia, a Marinheira precisava de manutenção. Hoje não vou passar vergonha", gabou-se Omar antes de partir para outra tarefa.

Com 396 m^2, o sementeiro ficava ao lado da casa, no canto direito do sítio. Sua função era gerar batatas-semente, tubérculos túrgidos e firmes que, através da propagação vegetativa, conseguem produzir muitas outras batatas geneticamente idênticas.

Omar foi ensinar Elefante as rotinas do sementeiro. Primeiramente, algumas batatas-semente certificadas pela Embrapa eram plantadas. A partir daí, a lavoura passava por controles fitossanitários, principalmente em relação aos pulgões. Qualquer má formação devia ser retirada e descartada.

Após a brotação dos tubérculos certificados, era feita a colheita. As batatas-semente eram armazenadas numa câmara fria por seis meses para superar a dormência. Somente após esse período é que ficavam prontas, com todas as gemas brotadas, livres de doenças e no padrão genético. Após anos de aprimoramento, Omar e seu pai chegaram à produtividade de 37 toneladas por hectare, um número muito bom.

"Omar, vem cá", gritou Rosa do galpão. "Olha aqui, parece que as batatas tão soltando um sal, que sai pelo fundo do saco."

Omar se agachou para observar as batatas mais de perto. Rasgou o saco de juta e viu que, em alguns tubérculos, havia pontinhos brancos em suas peles, ora espaçados, ora formando uma grande mancha. "Esse trem tem cara de fungo."

Ele passou os dedos por uma batata e sentiu uma superfície áspera. Num gesto desprecavido, levou o dedo à boca. "Parece sal de cozinha", constatou.

"O bom é que ela já vai salgada pra batata frita!", brincou Rosa.

Ele separou todas as batatas com superfície salgada, pegou algumas, jogou-as para cima, ponderou. Sua intuição dizia que estavam menores do que deveriam, mas era difícil ter certeza, eram legítimas *Solanum tuberosum*, afinal.

Omar quis conferir toda a produção do dia, mas já era hora de sair com o caminhão. No CDT, ele descobriu que todas que apresentavam o sal tinham entre um e quatro quilos a menos, diferença sutil para os ombros e significativa para os bolsos.

Os clientes reclamavam, muitos desistiram da compra. No final das vendas, o prejuízo foi de quase 500 reais. Omar já estava furioso quando, na resenha, encontrou Jayme. Ainda de ressaca pela vitória de seu galo, ele tagarelava de voz rouca e rosto vermelho.

O quitandeiro havia vendido um quilo de batata a uma senhora que, meia hora depois do negócio, voltou à barraca alegando que fora enganada. Em sua sacola havia mais sal do que tubérculos. Sem saber como explicar tal diferença, Jayme acabou se irritando e batendo boca com a mulher. Como resultado, recebeu uma multa de dois mil reais por mau comportamento.

"Aquela velha sempre foi chata pra caralho, mas hoje ela quis me fuder." Jayme estava inconsolável, era muito rígido consigo. Não gostava de provocar conflitos, sabia que seu sangue subia muito rápido. "Eu juro que tinha pesado tudo antes, Omar. O saco perdeu peso depois que ela comprou."

"Acho que tá rolando um fungo por aí. Eu tô tendo várias sacas menores", respondeu Omar.

Depois do almoço, após comprar 44 quilos de fungicida e combustível para o nebulizador, tudo por quase dez mil reais, Omar vestiu uma roupa de proteção que lhe cobria até o rosto. Começou o processo de sanitização.

O que ele não esperava é que, por mais que lançasse fungicida na plantação, os casos de batatas diminutas e cheias de sal aumentaram. Em dois dias, todas as sacas colhidas pela manhã passaram a chegar subtraídas ao CDT. Zelosos pela reputação do Centro de Distribuição de Tubérculos, os fiscais da Central da Qualidade passaram a aplicar multas, punição comum a todos os batateiros, uma situação embaraçosa. Com o acréscimo de custo e a pequena diminuição da oferta, os preços subiram. A saca, que custava 65 reais na terça, inflacionou em dois reais até quinta, desagradando ainda mais a clientela. Nesse dia, Omar, Jayme e Agenor conversavam sobre seus prejuízos e acompanhavam as novidades do WhatsApp.

Nas *timelines*, eram muitos agricultores reclamando dos mesmos problemas. Num dos vídeos, o sujeito mostrava que as mandiocas não eram infectadas, o que atiçou a curiosidade de Omar. "Como tão suas mandiocas, Agenor?"

"Eu pesei e estão normais. Se você quiser, pode pegar na minha mandioca e sentir como está pesada."

"Primeiro, aumentam as multas, só pra dificultar nossa vida, agora esse negócio de sal. O que vai vim depois?", perguntou Jayme.

"Você devia reclamar lá com o sindicato. Ficar falando isso para mim não vai fazer diferença nenhuma", respondeu Agenor.

"Nada que existe adianta com essa gente. Esses caras só querem saber de dinheiro, não ajudam ninguém", finalizou Omar.

Ao voltar para casa, ele terminou de pulverizar o sítio, tomou um banho e foi cuidar do Santana. Queria ficar sozinho, deixar a cabeça mais calma, Rosa daria conta dos trabalhos ordinários. Passou a tarde lapidando seu diamante motorizado e saiu da garagem, quando suas filhas estavam prontas e alegres para contar as novidades da escola.

Na cozinha, Rosa e Wanda penteavam os longos cabelos das Marias, que brincavam com os dinossauros. Por um momento, Omar teve a impressão de que a diferença de altura entre as duas diminuíra. Olhou bem, sabia que estavam em fase de crescimento, mas pareciam diferentes de manhã. Ele não sabia dizer se Maria Luiza crescera ou se, numa hipótese absurda, Maria Fernanda diminuíra. Era melhor pensar que ambas cresceram, uma mais que a outra, e assim ficou.

"Será que tô vendo coisas?", perguntou-se antes de se deitar.

Dormiu com essa dúvida.

6 CAP.

"Óia só, meu nome é Genivásio, moro aqui em Tapuazinha do Sul, óia o que tá acontecendo com as nossa batata daqui da terra." A imagem saiu de um jovem agricultor e se voltou para uma bacia de plástico contendo uma batata, que ficou imóvel uns 20 segundos. Estavam a céu aberto, o barulho do vento estourava o áudio da gravação. Uma mosca chegou a pousar no tubérculo, mas foi prontamente espantada.

Sem aviso prévio, a batata sumiu, restando na bacia um punhado de sal, o que puxou gritos de espanto. O vídeo amador correu pelos grupos de WhatsApp dos agricultores, sempre acompanhado de textos sobre aquela tal de peste. Dizia-se verdadeiro, mas foi recebido com ceticismo, mesmo que a maioria das pessoas não ousasse dizer que algo parecido não poderia acontecer. Muitas teorias da conspiração surgiram, culpando os americanos, os *illuminatis*, a maçonaria e a URSAL. Puro delírio. No CDT, a discussão saiu do celular e foi parar no meio da tradicional resenha.

"Isso agora é *fake news*, os caras editam. É só deixar a câmera paradinha, ir alguém lá tirar a batata e, no computador, eles cortam. Vai parecer que a batata sumiu", argumentou Agenor.

"E como eles iam fazer a batata sumir?", perguntou Jayme que, evidentemente, não havia lido *A obra de arte na era de sua reprodutibilidade técnica*, de Walter Benjamin.

"Você acha que alguém teria esse trabalho todo só de sacanagem? Pra mim isso é verdade", disse Índio.

"Gente, não vamos cair nessa", insistiu Agenor. "Esse fungo aí deve ser uma reação natural, é impossível uma batata sumir assim."

"Vamos fazer essa merda a gente mesmo", avisou Omar. "Vamos filmar, se for verdade, nossa batata vai sumir também."

Enquanto ele escolhia a batata mais saudável que encontrou e arranjava uma bacia vermelha, cerca de 60 agricultores se juntaram. A multidão estava apreensiva, mesmo os que duvidavam estavam excitados com a possibilidade de verem o impossível diante de seus olhos.

Quando estava tudo preparado, Omar ligou para sua esposa, dizendo que não voltaria tão cedo para casa. Ele subiu a bacia à boleia de sua carreta, bateu três vezes na madeira e armou o celular.

"Olá, meu nome é Omar Salgado, moro aqui no Vale das Batatas e vou ver se essa história de peste é verdade. Esse vídeo é real, o que vocês vão ver aqui é real, sem edição no computador. A gente colocou uma batata na bacia, vamos ver se ela some ou não."

Após meia hora do início da gravação, a excitação deu lugar ao cansaço. Alguns dos espectadores se dispersaram, voltaram para casa. Depois da segunda hora, trocaram de celular, por falta de memória e bateria. Às 14 horas, todos estavam famintos e sem paciência. Restaram uns sete sujeitos ao redor da câmera, corajosos, firmes no propósito de descobrir a verdade.

Ociosos, jogavam damas, bebiam e conversavam sobre a vida. Até um churrasco foi improvisado, o que garantiu mais três horas de risadas, carne e cachaça. De tempos em tempos, o celular tinha que ser mudado e, até alguém perceber, já haviam se passado preciosos minutos que poderiam registrar o impossível. Mas não, nada aconteceu nesse tão festivo período de tempo.

Depois de terem bebido e se empanturrado, ficaram ainda mais entediados e sonolentos. Jayme decidiu contar uma piada, para animar o pessoal. “Eu vou contar um causo que aconteceu aqui mesmo, no Vale, faz uns anos já”, e todos lhe ofereceram suas atenções. “O caipira foi de cavalo até o bar. Bebeu pra caramba, encheu a lata mesmo, que nem nóis aqui. Ele caiu de bêbado atrás do balcão e, quando acordou de manhã, viu que seu cavalo tinha sido roubado.”

“Oxi, aqui no Vale? Aqui não tem assalto, o Brandão fica sentado o dia inteiro coçando o saco”, salientou Omar.

Jayme fingiu que não escutara e continuou o causo. “O caipira descobriu que o ladrão era uma bichinha, daí foi até a rádio desafiar, o sujeito era cabra-macho. Mandou o ladrão voltar no bar pra uma porrada. Queria mostrar que cavalo de bêbado tem dono.”

“Que ótimo”, riu Índio.

“A história não acabou ainda, seu burro.”, disse Jayme. “Na data e hora marcadas, o caipira tava preparado, quando a bichinha entrou no bar e gritou ‘Cadê o bêbado que eu comi o cu e depois roubei o cavalo?’ Sabe o que o caipira respondeu?”

“Não”, a plateia disse em coro.

“Sumiu!”

HAHAHAHAHAHAHAHA

Todos riram bastante. Dois deles batiam a mão no chão às gargalhadas, Omar chorava só de imaginar o caipira com medo, e Jayminho simulava dor de barriga. “Caramba, pai, esse caipira gosta é de sumir com o pau dos outros.”

“Não, caralho, não é o caipira. O que sumiu foi nossa batata!”

A plateia voltou sua atenção para a bacia vermelha, em cujo interior não se encontrava a batata, mas um monte branco de sal. E todos pararam de rir. A graça do causo deu lugar ao espanto e ao desespero. Os agricultores começaram a gritar palavrões, esbravejar e dar socos no ar. Incrédulos, extravasavam a emoção com muito barulho e energia. Omar sentiu suas pernas tremerem e passou a pedir perdão pelos pecados da vida.

Ninguém vira o sumiço, nenhum celular havia durado para registrar o momento. Restou-lhes a dúvida entre crer no impossível ou no improvável. Impossível seria a batata sumir por si mesma; improvável seria algum gatuno ter entrado no meio da gravação e trocado a batata por sal. De toda forma, um dos batateiros garantiu que traria um padre no dia seguinte para benzer o grupo, o CDT e, principalmente, as batatas.

"Isso é incompetência desses políticos de merda! A gente paga imposto pra quê? Pra eles roubarem da gente e deixarem a peste entrar, claro. Fazem a gente de trouxa", desabafou Omar.

"Eu vou avisar os caras da Central amanhã. A gente não pode ficar levando multa se a gente nem sabe o que é essa peste", disse Jayme.

"Eu vou jogar tudo quanto é pesticida nas batatas e, principalmente, nas mandiocas, vai que essa peste começa a dar nelas", disse Agenor.

"Não resolve", respondeu Omar. "Eu tô jogando fungicida há três dias e elas ainda tão sumindo."

"Quem garante que essa peste não pega também em gente? Pessoal, eu nunca vi isso, ninguém sabe o que é, se é um vírus, uma praga. Eu não vou colocar a mão nesse sal", replicou Agenor.

"Eu também não quero pegar nisso. Vai que essa peste passa pro Calcutá... tenho que proteger meu galo!", exclamou Índio.

"Calma, gente, eu que tive a ideia, eu que vou ficar com a bacia e o sal", disse Omar, num gesto quase heroico.

Os homens ainda ficaram a lamentar mais um pouco antes de irem embora. No caminhão, Omar equilibrava as cinzas mortuárias do tubérculo para que não caíssem no assoalho nos buracos da estrada. Levava a bacia com receio. O sal que, na inocência, experimentara dias antes, ganhou uma aura de amaldiçoado.

Chegando ao sítio, Omar nem saiu da garagem e acomodou a bacia no carro, entre alguns calços de madeira para dar estabilidade. "Eu vou levar esse sal pro dr. Jameson agora mesmo", disse a Rosa antes de arrancar com o Santana.

Foi então que eu entrei nessa história.

2 PARTE

A TESE

7 CAP.

No fim daquela sexta-feira, eu observava o ocaso do sol. Ele estava bem próximo do horizonte, com um amarelo intenso, parecia uma grande batata grelhando no céu. Minha sala de pesquisa era muito pequena e antiquada. Entretanto, a vista era privilegiada. Para onde eu olhava, via o cenário listrado se estender pelo plano e subir as montanhas que nos circundavam. Faixas verdes de várias espessuras, linha a linha a formar um mosaico de paralelismo. As flores apareciam lá e cá, com pétalas rosadas em quintetos e estigma robusto e amarelo como o sol.

Mais um minuto e ele se esconderia por trás do segundo prédio do Vale. Costumava me gabar de ser dono das duas coberturas da região, o Prédio da Reitoria com minha sala de pesquisa e o Residencial *Luxury Potato* com minha residência.

Alguns fazendeiros me ligaram naquele dia. Emanavam medo a cada palavra. Da primeira vez foi Toninho, agricultor antigo, especialista na Baronesa. Veio com uma absurda história de que suas batatas estavam virando sal. Na hora, pensei que fosse uma piada, mandei que jogasse um fungicida barato, tal qual um placebo.

Na segunda ligação, era Saviola, que insistiu que sua BRS Ana estava saindo salgada da terra. Resolvi acalmá-lo, lembrei-lhe de que eu mesmo inventara esse cultivar, quando fui pesquisador-líder no Programa de Melhoramento Genético de Batata da Embrapa.

Na terceira ligação, entretanto, comecei a enxergar a situação com mais seriedade. Adalberto, um velho que praticava tiro ao alvo, ligou-me aflito. Gaguejava, faltava-lhe razão e temperança. Afirmava o mesmo ponto: suas catuchas estavam virando sal.

A histeria de uma praga nova sempre fora comum. O ser humano teme por sua vida ao se deparar com o desconhecido. Daquela vez, confesso, uma fagulha de esperança se acendeu no âmago de meu ser.

Cuidado com o que você deseja, pois você pode conseguir.

A ciência consideraria impossível o fenômeno da transformação em sal, mas, durante os últimos anos, eu havia desenvolvido uma teoria muito parecida, um desafio ao senso comum que fez meus colegas mais conservadores e medíocres me virarem as costas.

A vida havia me ensinado a ser cauteloso no otimismo, então me contive para não criar a falsa expectativa de que chegara minha hora e vez. Decidi investigar a nova praga apenas na segunda-feira. Teria um fim de semana de queijos, vinhos e velas perfumadas numa festinha em minha cobertura residencial.

Como sempre faço, arrumei a estante de livros, a mesa, as cadeiras e um pequeno gaveteiro. Na iminência de puxar a maçaneta e partir, um homem esbaforido pulou na minha frente. Era possível ver o desespero em seus olhos. Suas calças jeans e sua polo estavam sujas de terra. Numa das mãos trêmulas, ele trazia uma bacia vermelha. Na outra, a chave de seu querido Santana.

"Omar, aconteceu alguma coisa?"

"Aconteceu."

Ele estava elétrico, fiquei preocupado. Parecia um pouco mais magro, com olheiras salientes. "Dr. Jameson, você pode não botar fé em mim, mas as batatas tão virando sal." Convidei-o a entrar e sentar, estava quase deixando cair o sal que carregava. Fui pegar um copo d'água gelada, luxo exclusivo meu e da Reitoria. Sentei à minha mesa e ele mostrou o vídeo da batata do caipira. "Doutor, é real."

Como o ceticismo sempre fora minha virtude, repeti os impactantes 62 segundos de vídeo à exaustão. Parava a imagem, procurava alguma falha de continuidade, alguma sombra discreta que comprovasse a farsa. Analisando quadro a quadro, vi que primeiro a batata estava intacta e, depois, havia um sal refinado. Aproximei a bacia vermelha de meus olhos, observei o reflexo da luminária naquele punhado. Com certo receio, abanei minha mão e senti um odor salgado.

Por que não de açúcar?

Pensei um pouco, olhei pela janela, o sol havia se posto por completo. Já deveria estar em casa, preparando tudo para a noite. Entretanto, fui fazer alguns testes só para dar alguma resposta imediata a Omar e me livrar dele o mais rápido possível.

Descemos até o primeiro andar do prédio. O longo corredor tinha paredes de tijolos pintados num lado, e uma série de divisórias de PVC do outro. Era uma sucessão de laboratórios que recebiam os alunos do noturno.

"Conte mais sobre esse sal", retomei o assunto.

"Começou com uma coisa pegajosa nas batatas. Depois, elas começaram a diminuir, diminuir, até desaparecer. O que sobra sempre é esse pózinho branco."

"Isso, na verdade, parece sal", e apontei para a bacia vermelha. "Eu estudei um fenômeno parecido por muitos anos, só que o resultado final era o açúcar."

"Como assim?"

"Pelos meus cálculos, pode ser possível uma batata se transformar repentinamente em açúcar. Afinal, todas as mais de duas mil espécies de batata têm, em comum, a baixíssima concentração de sal e riqueza em amido, composto de glicose."

Encontramos a sala para o teste, aproveitei a condição de Professor Titular para abri-la sem aviso prévio. Eram equipamentos bastante arcaicos, diga-se de passagem, mas suficientes para fazer um pouco de ciência.

"Apenas assista ao show", e lhe ofereci avental, luvas e óculos de segurança.

Com um pegador de madeira, recolhi três filetes de fio níquel-cromo esterilizados e fiz neles uma pequena volta. Mergulhei o primeiro num béquer com solução de ácido clorídrico a 1% e, em seguida, coloquei no sal da batata. Com o bico de Bunsen flamejando, levei o filete salgado ao fogo. Minha intenção era ver a cor da chama resultante. Repeti o mesmo experimento três vezes e o resultado das reações foram de um amarelo intenso, tão fascinante quanto a batata-solar.

"É sal", disse-lhe.

"Mas isso eu já sabia, porra!", riu Omar, ridicularizando a ciência, pois confiava mais em seu paladar do que nos níveis eletrônicos de Bohr. "E agora?"

"Ainda não estou convencido dessa peste. Eu quero ver uma batata sumir."

"Eu juro que essa minha sumiu, tem também o vídeo do caipira. Mas você é que é o cientista."

"Vamos pegar uma batata no bandejão."

Com isso, uniria o útil ao agradável.

8 CAP.

Toda a área externa ao bandejão estava vazia. Os faxineiros já haviam feito a limpeza, as luzes estavam apagadas. Entrei sem bater, as panelas estavam limpas, os registros preenchidos, o caixa e as portas fechados.

"Dr. Jameson, o senhor já foi mais educado. Espera lá fora, por favor." Era a *chef* de cozinha, que dava atenção a duas alunas.

"Michele, eu só preciso de uma batata de sua atenção. Vou buscar rápido, não vou atrapalhar." Convidei Omar a entrar e fomos à área de recebimento, com duas câmaras frias, uma para os congelados e outra para os alimentos frescos. Escolhi a melhor batata que encontrei, a mais amarela e mais saudável, livre de qualquer fungo ou bactéria.

Quando voltamos para a cozinha, Michele já estava sozinha. A *chef* era loira, meio hippie, usava uma camisa branca abotoada, uma longa saia azul e charmosos óculos de aro redondo. Ela não era professora universitária, mas bem que poderia ser. Assim como eu, era especialista em batatas, não cientificamente, o que exigiria muitos anos de estudo, mas gastronomicamente.

Da minha cobertura acadêmica, eu conseguia sentir o cheiro que saía do exaustor industrial. Era Michele a nos agraciar com suas batatas *sauté, noisette*, *à la rosti*, dominó, dadinho, à milanesa, *hasselback* e *hasselback* rústica, ao murro, recheada, gratinada, à texana e, claro, as onipresentes fritas.

“Não vai apresentar seu aluno?”, perguntou a *chef* das batatas.

“Esse é o Omar, ele não é aluno, é professor da escola da vida. Depois que eu voltei de Dublin, meu primeiro projeto foi no sítio dele, e a gente se tornou amigo. Fique tranquila, vocês vão ter tempo de conversar melhor, preciso fazer uma experiência.”

“Precisa ser agora? Tem gente nessa cozinha que tem vida social...”

“Michele, por favor. É pelo bem da ciência”, e pesei a batata em 120 gramas. “O que aquelas alunas queriam?”

“Hoje nós servimos nhoque e deu o maior problema. Elas passaram mal, disseram que o molho estava muito salgado, a ponto de dar um revertério estomacal. Uma delas teve uma crise de pressão alta.”

“Meu amigo Omar está com problemas parecidos e acha que pode ser um problema mais generalizado.”

“Ah, então é você o produtor dessas batatas salgadas? Parabéns!” Michele estendeu sua mão animadamente para cumprimentá-lo.

“Não, isso pode ser uma tragédia”, salientei.

“Doutor, ontem eu reparei em duas coisas”, ela disse. “Tem umas batatas novas que estão vindo salgadas, uma delícia, além de ser uma economia no tempero. O problema é que elas são bem pequenas, ótimas somente para *souté*.”

“Não me diga que você está servindo essas batatas...”

“Sim, eu sirvo, mas não só dessa forma. Eu coloco um azeite, uma pimentinha...”

“Michele, esse sal pode ser bem diferente daquele que estamos acostumados. Não é apropriado para o consumo humano.”

“Não me diga, essa foi a sensação da semana. Todos os alunos adoraram, as filas estavam enormes.”

Bati com minha mão na testa, a peste se antecipara a mim. Olhei meu relógio de pulso e já havia passado quase 30 minutos desde que entramos. Já estava na hora de ir embora. Tomei a iniciativa.

"Omar, é tarde e eu tenho um encontro na minha cobertura. Pode acreditar, já vi muitas pestes antes, muito diferentes entre si. No começo, toda novidade parece indecifrável mas, depois de relaxar a cabeça, você encontra a solução."

Parecia que falava comigo mesmo.

"Doutor, mas e se as batatas acabarem amanhã? Como você vai estudar elas?"

"Eu posso levar a batata como lição para minha cobertura. Eu tenho uma cozinha industrial, com uma balança muito mais moderna."

"O Doutor adora levar trabalho para casa", acrescentou Michele.

Sem mais para o momento, guardei a batata numa sacola plástica e fomos embora juntos, andando até o estacionamento frontal. "Omar, fica tranquilo, eu vou ver isso. Na segunda-feira falo com você. Passar bem."

Omar entrou em seu Santana GLS. Pouco depois de seu carro partir, abri a porta de minha Toyota Hilux 4x4 para Michele entrar.

9 CAP.

"Hum, eu adoro esse cheiro."

"Sabe qual o perfume mais caro pra um homem? O carro novo."

"É o mais caro, mas tem suas recompensas." Michele abriu um botão de sua camisa. "Estou com calor, liga o ar pra mim."

Eu liguei, mas por capricho. O ar condicionado não era necessário, pois nem dois quilômetros separavam minhas coberturas. Mas ela gostava e eu também. Estacionei o carro, pegamos o elevador e entramos pela porta da frente, que dava para a sala. O primeiro ambiente era da TV, no qual aproveitava meu raro descanso em minha confortável poltrona, que ficava ao centro do cômodo. À nossa esquerda, uma porta de correr de vidro dava para o lado de fora, um terraço com teto retrátil, onde as corujas cagavam muito. Com os anos, acabei transformando o lugar em meu orquidário particular.

Na parede lateral, meu sofá de couro ficava debaixo de diplomas, prêmios e fotografias importantes da minha carreira bem-sucedida. Mais ao fundo, uma mesa de jantar, que amiúde usava sozinho, e uma grande estante de livros. Virando à direita havia o corredor para os quartos e a cozinha, lugar para o qual Michele se dirigiu e separou dois copos.

Eu a acompanhei e deixei a batata sobre a balança pesando os mesmos 120 gramas. Ajudei Michele com o queijo, abri o vinho e dei uma boa observada no tubérculo, calmo e amarelo, inerte e misterioso. Já na sala, ela tirou seus sapatos e brindamos.

"Uma taça de vinho para uma delicada uva", disse-lhe.

"Você fala tão bonito, parece meu pai, eu gostava de escutá-lo", e se encolheu em meus braços, de conchinha. "Seu amigo estava bem preocupado, aquele sal é tão perigoso assim?"

"Ainda não sei, Michele, mas *a priori* tudo o que não é conhecido não é bom para o consumo. Não somos mais selvagens."

"Diga por você", e tomou mais um generoso gole. "Você deve ser bem importante pra atender um cara sexta à noite."

"Eu já tive empregos melhores, mas ser Professor é o que mais me fez feliz", menti. "Um dia palestrei no Congresso de Botânica de Turim, na Itália, para quase seis mil pessoas. Eu sempre era chamado para esses congressos, principalmente na época em que escrevia para a revista *Potato Weekly*."

Sem perder a conexão visual ela foi para o outro lado do sofá e tirou meus sapatos e meias. Pegou na bolsa um isqueiro e uma vela erótica. "É feita pra massagem, é comestível e serve como lubrificante." Suas mãos eram rápidas e firmes, moviam-se em movimentos assíncronos, variando também na intensidade do toque e na amplitude. De olhos fechados e entre gemidos, continuei.

"Infelizmente, a comunidade científica não entendeu minha tese e fui deixado de lado após meu pós-doutorado."

"Pós-doutorado? Que legal! Foi sanduíche?"

"Não, foi sobre batata mesmo", e rimos. "Estudei gravitropismo na *University College of Dublin*."

Decidi ficar nu, para que Michele pudesse massagear todo meu corpo. Ela tocou meus tornozelos, meus joelhos, minhas coxas e meu quadril. Tomou mais um gole de vinho e jogou mais cera quente no meu peito. Aproximou sua boca da minha.

“Eu estou bêbada”, e caiu na risada. Aproveitou para se contorcer e se encaixar melhor em meu corpo, valorizando cada movimento de atrito. Nos beijamos com ardor e paixão.

Eu e Michele tivemos uma noite maravilhosa, regada a vinho, amor e sexo tórrido. No começo da tarde de sábado, acordei com uma leve dor de cabeça e fui à cozinha pegar um remédio. Fazia algum tempo que tinha ressacas terríveis, devia ser a idade. Tomei um gole de água e senti cada centímetro de sua descida, limpando e revitalizando meu corpo. Foi quando me virei e, desprevenido, assustei-me ao enxergar um bocado de sal a vazar para os lados da balança.

10 CAP.

Senti um calafrio percorrer meu corpo, minhas pernas tremeram. Um jato de adrenalina que me induzia a correr sem olhar para trás. Mas fiquei. Por uns instantes visualizei minha vida inteira, os principais pontos que me trouxeram até ali, àquela cozinha, com aquela peste e com o meu conhecimento superior.

Seria um fungo e seus pólipos a saltar? Ou uma bactéria ávida por reprodução assexuada? Não havia registro nos anais da ciência de tal enfermidade. Embora a causa do fenômeno fosse um mistério, conhecia muito bem a consequência. O peso se mantivera, embora não se saiba se durante o processo de sumiço a massa variara. Eu peguei um pouco daquele sal e refiz a experiência do fogo, dando o mesmo resultado, o mesmo amarelo.

"Que cheiro de queimado...", disse Michele ao entrar na cozinha. Ela vestia apenas um velho moletom cinza que eu comprara na Irlanda.

"O Omar estava certo, as batatas estão virando sal."

"Você sabe o porquê?"

"Não, mas eu tenho um bom ponto de partida. Pelos meus estudos, quando as densidades dos estatocitos e do citosol se igualam, a batata perde a referência gravitacional e acaba sofrendo um colapso."

"Não entendi nada. Tem café?"

Michele parecia perdida, alheia a tudo o que aquele fenômeno poderia representar. Percebi que ela não era a única. As pessoas não poderiam saber de antemão da tragédia que poderia acontecer, salvo aquelas com a mente mais vanguardista. Ou aquelas que leram meu livro.

Um senso de missão de vida tomou conta do meu coração. Percebi que meus anos de pesquisas, os projetos que liderei na Embrapa, as consultorias particulares, as aulas para alunos sonolentos e, principalmente, minha tese, haviam me moldado para decifrar a peste. Era chegada minha hora e vez de retribuir ao mundo um pouco da genialidade que ele me proporcionara.

"Vou ter que ir para a Universidade, fazer umas ligações, uns testes químicos. Tenho que trocar sua companhia por aquelas máquinas velhas que me deram."

"O governo devia dar dinheiro pra essas coisas, pras Universidades", repetiu Michele o mantra dos professores. "Como seria bom se o Presidente ligasse pra gente, não?"

Passei o resto do dia a revisitar a bibliografia e a ligar para os principais estudiosos da agronomia brasileira. Conversei com todos, inclusive aqueles que me viraram as costas. Achei graça quando um antigo amigo sentiu inveja ao perceber que a possibilidade teórica do colapso gravitrópico, até então algo de maluco, tornara-se realidade.

Vocês vão ter que me engolir!

Todos se mostraram assustados e desprevenidos. Principalmente quando elaborei um mapa da peste. Estimei que 40% de toda área destinada à bataticultura no Brasil fora afetada, um prejuízo da ordem de 400 milhões de reais. As projeções eram catastróficas: o que quer que estivesse causando a peste, avançava rápido.

No domingo, as notícias da peste, que de início se concentravam em retransmissoras pelo interior, ganharam a grande mídia. *Flashes* ao vivo interrompiam os programas de auditório, mostrando pávidos populares e o próprio sumiço das batatas. Numa cena, uma adolescente comprava fritas no balcão do McDonald's. Quando voltava à mesa, sua comida havia virado sal, que estava amarelado devido à quantidade de proteínas, gorduras e sódio puro adicionados. Outro vídeo mostrava uma professora de *yoga* que, para curar sua conjuntivite, dormira com batatas sobre os olhos e acordou cega.

Uma das emissoras conseguiu invadir o Ministério da Agricultura e entrevistar o Ministro Maldos Bagos, nitidamente acuado e desconfortável com perguntas à queima-roupa. Ele devia estar em pânico pois, além de ministro, era também o maior produtor individual de batatas do Brasil, responsável por 23% das nossas exportações *in natura* e pré-frita.

Eu prestara muitas consultorias em suas fazendas, ele sempre me ouvia, era muito cordial. Conversamos por duas horas, eu expliquei minha tese, minhas projeções, e ele ficou impressionado. Afirmou que tentaria me ajudar de alguma forma nas pesquisas e que ficara feliz de me reencontrar. Mesmo duvidando de tudo, agradeci.

Acabei também esboçando um projeto daquilo que seria necessário fazer e do dinheiro necessário para a cura da peste. Já de noite, em minha casa, tomei um banho, jantei e me preparava para dormir quando Maldos Bagos me ligou novamente.

"Jameson, tem gente que eu conheço que quer falar contigo."

"Quem? Algum agricultor com medo?"

"Não, pior do que isso."

"Alguma liderança da oposição?"

"Pior, Jameson."

"Um lobista cobrando um favor?"

"Bem pior", respondeu desanimado.

"O que pode ser pior do que um agricultor com medo, uma oposição barulhenta ou um lobista raivoso?"

"O Presidente da República."

11 CAP.

Fazia muito sol lá fora, céu de brigadeiro. Pela pequena janela, não conseguia ver o chão, só o azul infinito de nossa atmosfera. Minha poltrona era muito confortável, sua maciez ajudava no relaxamento do corpo e no amortecimento da interminável turbulência. Eu dormira muito mal na noite anterior, estava excitado demais. Reclinei meu assento para ver se cochilava e me cobri com um enxuto cobertor de chenille.

"Preciso lhe passar algumas coisas", interrompeu uma mulher, sentando-se na poltrona à minha frente.

Era Mara, loira e alta, pouco mais de 40 anos. Vestia uma blusa branca sob um blazer preto, com calças também pretas e um salto alto que a deixava mais esbelta e imponente. Objetiva e firme no trato, impressionou-me desde a primeira encarada, quando me encontrou na Universidade e me trouxe ao Cessna 680. Estávamos rumo a Brasília, neste país melhor lugar não há.

"Eu fui incumbida pelo Presidente a lhe auxiliar nos trâmites diários do Planalto, questões logísticas e operacionais. Fora isso, lembre-se de que eu não sou sua secretária, você está prestando um serviço para mim, e não o contrário." Mara sabia como ser direta, gostei disso. Ela enfatizara as últimas palavras como se sentisse prazer em mostrar sua dominância.

"O Presidente não permite que seja feita nenhuma gravação de suas conversas. Por isso, você será revistado antes de entrar na sala. Se tiver alguma coisa, é melhor dizer agora."

"Estou limpo", respondi mostrando as palmas das mãos.

"Esse encontro não está na agenda oficial. Tudo o que for dito será sigiloso, você não tem autorização para divulgar a conversa, em sua totalidade ou em partes, nem conceder entrevistas aos jornalistas, salvo quando for uma exigência de nossa equipe de comunicação."

Eu apenas concordei com a cabeça. Ela prosseguiu.

"Primeiramente, nós iremos até o Palácio do Planalto, você se encontrará com o Ministro Maldos Bagos. Ele disponibilizou esse jatinho exclusivamente para suas futuras locomoções. Vocês dois vão conversar com o Presidente."

Eu sabia que Maldos tinha vários jatinhos à disposição mas, para mandar um deles me buscar no Vale, devia estar desesperado, ávido para encontrar uma resposta e apontar a direção para a bancada ruralista.

"Mara, eu imagino o que eles querem de mim, e temos várias questões a considerar. Eu tenho só um esboço de projeto e equipamentos obsoletos. Não estou convencido de que conseguiremos a solução em curto prazo."

"Fique tranquilo, o Presidente sabe como convencer alguém."

Ao falar, deu-me uma piscadela, com seus frondosos cílios a emoldurar o olho verde direito. Suas sobrancelhas eram milimetricamente esculpidas, a testa trazia a rigidez e o vigor que só o botox é capaz de fazer. Seu sorriso me encantava, os lábios vermelhos brilhavam sob o sol que entrava. Os dentes eram grandes, brancos e alinhados.

"Amanhã à noite, no máximo, o Presidente fará um pronunciamento oficial sobre a peste. Nós podemos precisar de você para a revisão do discurso, por isso, ficará em Brasília até quarta-feira. Eu lhe reservei um quarto de hotel próximo ao Palácio."

A notícia de que não voltaria para casa tão cedo me pegou de surpresa. Não havia trazido roupas extras, nem combinado com alguém para cuidar de minhas orquídeas.

"Você parece um pouco abatido", Mara me tirou do devaneio. "Imagino que tenha trabalhado muito nesse fim de semana. É melhor se recuperar, toma esse *Häagen-Dazs*." Ela me entregou o sorvete gourmet e voltou para seu assento, deixando-me só entre pensamentos e calorias.

Durante o resto do voo, fantasiei meu caminho até a cura da peste. Talvez viajaria o mundo, no laboratório das melhores universidades. Poderia conversar pessoalmente com as pessoas mais influentes da ciência. Sem dúvida, quando tudo estivesse resolvido, eles é que teriam a honra de ter comigo alguns minutos de prosa.

12 CAP.

O Palácio do Planalto foi inaugurado junto com Brasília, em 21 de abril de 1960. Suas colunas longitudinais, marcas de Niemeyer, eram maiores do que pareciam pela televisão. O grande espelho d'água refletia a arquitetura do prédio, conferindo leveza ao concreto armado e razão de existir à icônica rampa, que subimos com pressa.

O salão principal tinha paredes de mármore branco, duro e frio como o gelo. O lugar estava cheio de homens de terno e mulheres de *tailleurs*. A multidão desacelerava nosso ritmo, e graças a isso pude contemplar algumas das várias obras de arte. Em especial, o *Espaço Circular em Cubo*, de Franz Weissman. O artista austro-brasileiro soubera traduzir a angústia e a sublimação no vão côncavo, a não-esfera, que me remetia à não-batata.

Subimos as sinuosas rampas até o terceiro andar, no Mezanino, um amplo espaço acarpetado, cheio de poltronas *easy chair*. Fomos recebidos pelo Ministro Bagos, homem grisalho e gordo, com uma gravata que lhe apertava o pescoço, tal qual a crise que vivia.

"Jameson, preciso ser direto com você. De ontem para hoje mais de 20 produtores me ligaram, o nosso WhatsApp tá fervendo. Tá todo mundo tomando no cu com essa peste. Eu, como produtor e ministro, tenho que resolver esse problema,"

"Pode acreditar que estou imbuído do mesmo comprometimento e entusiasmo que você."

"A diferença é que quem perdeu 90 milhões de reais até agora fui eu. Meu jatinho está à sua disposição, falei muito bem de você para o Presidente. Então, por favor, descubra logo como limpar essa merda."

Entendi o recado e seguimos juntos, passamos por um grande mural de Di Cavalcanti e entramos por um corredor de paredes amadeiradas, lotadas de quadros do modernismo brasileiro. Ao fundo, chegamos ao nosso destino, o Gabinete Presidencial. Mara passou instruções à recepcionista, que passou instruções ao Ajudante de Ordem, que me abriu a porta. "Daqui para a frente é com vocês", disse-me a loira, encaminhando-nos para a entrada.

Era uma sala enorme, com ambientes separados por belos tapetes imperiais. Havia uma mesa redonda, com cadeiras vermelhas para grandes encontros, e uma espécie de sala de visitas, com sofás e mesa de centro, para conversas mais intimistas. À direita ficava a mesa oficial, austero móvel da década de 50, ornado com folhas, espadins e o Presidente Vlad da Silva a decidir sobre o futuro do país. Ele se levantou, estendeu a mão e convidou-me para sentar. Ao contrário das colunas longitudinais, pessoalmente ele parecia mais baixo.

"Dr. Jameson, primeiramente, quero lhe agradecer pelo comprometimento de vir aqui para resolver esse problema inoportuno que ataca o agronegócio tubercular."

"O prazer é todo meu, sr. Presidente." Estava nervoso, minhas mãos suavam. Tentava controlar meus gestos, minha postura, para melhor me adequar à situação. Maldos e Vlad se cumprimentaram com um aceno, já deviam ter se visto naquele dia.

Ao me sentar, pude reparar na mesa presidencial, em formato de "L", que sustentava o computador, o ramal, fotos da família e uma ostensiva miniatura da arca da aliança. Ao fundo, um quadro de Djanira da

Motta e Silva mostrava típicos trabalhadores brasileiros durante a colheita, sinal do caráter cultural de meu dever.

"Diante da situação calamitosa, fiz questão de cuidar pessoalmente do caso. As instituições do governo que, tradicionalmente, interviriam na peste, ou estão sob domínio da oposição ou estão em greve. Felicito o Ministro Bagos que recomendou você, com muito entusiasmo."

Eu sorri. Ele, hematofagicamente, retribuiu.

"Para contornar esse problema de desaparelhamento estatal, resolvi criar a Comissão de Urgências Tuberculares, uma força-tarefa para investigar e solucionar a peste. Se não for possível, pelo menos controlar sua expansão, que assola o Brasil. O que você já sabe sobre esse problema?"

"Segundo o IBGE, nossa área plantada com batatas é de 100 mil hectares. Produzimos, anualmente, algo em torno de 3 milhões de toneladas. Pelo ritmo que tenho acompanhado, pouco mais da metade das batatas do Brasil está comprometida. Basicamente, está ocorrendo um colapso químico, provavelmente causado pelo nivelamento de densidades na célula das batatas, que a transforma em sal."

"É só no Brasil, ou há casos pelo mundo?"

"Apenas no Brasil. Há casos estranhos em que a peste parou bem na fronteira com a Argentina. E não há relatos de outros tubérculos ou culturas atingidos por aqui."

"O que você precisa para resolver o problema?"

"Antes de eu começar minhas pesquisas, temos que frear a peste. A título de Plano de Emergência, devemos pulverizar um coquetel de inseticidas em todos os batatais do Brasil, o que custará 40 milhões de reais."

Ao ouvir a cifra, o Presidente deu um pulo em sua cadeira e arregalou os olhos. Instintivamente, desviei meu olhar, direcionei-o para Maldos, que cerrou os lábios e fez o universal meneio afirmativo. Senti-me mais confiante para prosseguir.

"Além do Plano de Emergência, vamos precisar descobrir as causas da peste. Fiz um projeto macro, preciso de alguns dias para conclui-lo, mas já estimo que ficará em torno de 200 milhões de reais."

"Felizmente, isso eu posso resolver."

O Presidente pegou seu telefone e falou "Mara, peça ao Rocha para trazer uma mala aqui, por favor". Desligou e continuou. "Dr. Jameson, você sabe tão bem quanto eu da importância desta missão para nosso país. Sabe que terá que lidar com forças ocultas e esclarecidas, muitas tentações e falsas amizades que, sem dúvida, interceptar-lhe-ão em sua trajetória."

"Estou ciente, senhor Presidente."

"Você promete a cura da peste?"

"Prometo."

"Dr. Jameson, nomeio-o Presidente da Comissão de Urgências Tuberculares." Estranhamente, puxou alguns aplausos. "Eu acho que o local mais adequado para o trabalho seja mesmo na sua Universidade. Qual é ela, mesmo?"

"Universidade Federal do Vale das Batatas, senhor."

"Ah, a UFVB, eu conheço. Tenho muitos amigos lá, muitos docentes, já até palestrei no curso de Direito."

"Todo o corpo docente e os diretórios acadêmicos admiram muito o senhor", menti.

Ele riu, orgulhoso em encontrar aprovação, mesmo tendo cometido um erro de memória. Não existia o curso de Direito na UFVB.

"Aonde fica mesmo o Vale das Batatas?", perguntou Maldos Bagos.

"Bem no âmago do Brasil, sem muita precisão de fronteiras geográficas. Lá, existem muitas propriedades monocultoras, umas grandes e outras nem tanto, que abastecem diariamente o prato da família brasileira."

O clima descontraído foi quebrado quando entrou na sala um sujeito gordo e de óculos pretos. Trazia uma mala de rodinhas. Deixou-a sobre a mesa, acenou para nós e saiu apressado.

"Jameson, você precisa entender uma coisa", disse Maldos. "Todo o dinheiro que você receber será na forma de subsídios para a Universidade, tem que dar a impressão de que não se gastou muito, essas coisas de opinião pública."

"Pode deixar."

"Veja, para arrecadar esses 240 milhões da Comissão, eu tenho que mobilizar o Congresso, o que pode levar tempo", disse Vlad. "Mas temos que resolver esse assunto muito proximamente. Isto posto, tome um adiantamento, pelo bem na Nação."

Ele me ofereceu a mala e, quando a abri, encontrei vários blocos grossos de notas, algumas de 50, outras de 100 reais.

"Entrego-lhe dois milhões, você começará o Plano de Emergência agora mesmo. Depois, terá uma semana para apresentar um projeto consistente e robusto. Preciso dar uma resposta rápida e enérgica ao povo brasileiro."

"Acredite, sr. Presidente, eu também sei como é ser rejeitado, vou começar agora mesmo."

"Quem falou em rejeição aqui?"

Meio constrangido, olhei de soslaio para Maldos que, percebendo minha gafe, tratou de dar andamento à prosa. "Eu vou lhe apresentar algumas pessoas da minha bancada. Temos que estancar essa sangria salgada."

Assenti com a cabeça, quase prestei continência. Meu dever cívico estava exaltado.

"Dr. Jameson, muito obrigado e bom trabalho."

"Muito obrigado, Sr. Presidente.". Vlad apertou minha mão com firmeza e olhou nos meus olhos. Nosso flerte estendeu um pouco mais o cumprimento, segundos durante os quais ele aproveitou para tamborilar com os dedos. Não sei se estava a passar uma mensagem, ou era apenas um tique de velho. Abriu um sorriso e me respondeu "Eu que lhe saúdo, Sr. Presidente da Comissão. Até a próxima semana."

Assim que me virei, havia um Ajudante de Ordem a me encaminhar e abrir a porta. Ao contrário de mim, ele sabia se comportar nos grandes eventos que ditam o rumo de nossa Nação. Sua cordialidade foi na medida exata, pois me fez companhia durante os 10 metros da sala sem criar o constrangimento de se oferecer para carregar minha mala. Pensei que seria por isso seu supersalário.

Mara nos aguardava no *hall*, admirava o quadro *Duas Mulatas*, de Di Cavalcanti. “Gosto muito do modernismo”, eu lhe disse.

“Então você está no lugar certo.” Deu novamente sua piscadela, acompanhada de um sorriso leve. Ela não era tão gelada, afinal. “Reservei uma sala no primeiro andar. O Ministro Bagos conduzirá as reuniões.”

13 CAP.

"Daí ele me apresentou um cara da Ciência e Tecnologia. Um suplente que não manda em porra nenhuma, o ministro mesmo está de licença para se candidatar."

"Esses caras só querem saber de colocar no bolso deles, o resto que se foda."

"Depois ele falou que tem um laboratório que venderia insumos agrícolas para a Comissão sem nota fiscal. Eu aceitei, para não criar inimizades. Enfim, você acredita que o filho da puta ficou só uma hora comigo lá na sala? O tempo todo apressado, olhando no relógio, queria pegar logo o jatinho principal e cuidar de suas fazendas."

"É o que sempre digo, eles não tão nem aí. Você foi embora?"

"Não, fiquei recebendo mais um monte de gente. Eu dizia que era apadrinhado de Maldos Bagos e o pessoal me respeitava. Está tudo encaminhado, pelo menos no Plano de Emergência eu consegui colocar ordem."

"E a Comissão vai ser aqui no Vale, mesmo?"

"Vai sim, na Universidade. Quero chamar muita gente que conheço e confio, até do exterior. Eu sei que vai ter sempre uma meia dúzia que torce o nariz para meu sucesso, mas não ligo."

"Quem faz sucesso é desprezado aqui no Brasil; o povo tem muita inveja."

"Eu espero resolver isso logo. Amanhã vou iniciar Plano de Emergência e, de noite, volto para o Vale. Vou começar o planejamento, formar equipe. Já vi que vai ser difícil, sempre que algum cientista vivencia o fenômeno, se assusta. Você tinha que ver, um cara até desmaiou depois que a batata esfarelou e escorreu pelos seus dedos."

"Isso é coisa sobrenatural, sei lá... Do jeito que é o Brasil não duvido de nada. As minhas filhas deram para ficar o dia inteiro chutando as batatas, para ver se elas somem. Não estão nem aí."

"A ignorância é uma bênção, Omar."

"Amém."

Desligamos o telefone por volta das dez da noite. Eu estava cansado, passara o dia conhecendo os mais variados tipos de reis, todos soberanos em seus pequenos feudos.

O quarto do hotel era muito luxuoso. Como de costume, hospedaram-me na cobertura, com direito a varanda, adega exclusiva e lareira elétrica, que acendi. Após o banho, coloquei o roupão da suíte, com um tecido macio e elegante. Estava caindo no sono quando a campainha soou.

"O quarto que eu escolhi é moderno o suficiente para você?", perguntou Mara.

"Foi uma ótima escolha. Entre, você veio ao lugar certo."

Ela ainda vestia as roupas do dia, mas trocara o sapato por um rasteiro, que a deixava natural, sem perder o charme e a imponência. Também tirara o blazer, ficando com uma regata branca a destacar seus voluptuosos seios, içados com robustez por um largo sutiã. No caminho para a lareira, eles pararam em frente à adega.

"Você não quer tomar um vinho? Essa seleção é exclusiva para os hóspedes da Suíte Imperial."

"Tudo bem, não serei eu quem vai pagar por isso."

"De certa forma, todos nós pagaremos um pouco."

Como se já estivesse acostumada, abriu a adega e pegou um *Domaine de la Romanee-Conti Grand Cru*, de 1989. Nós nos servimos e sentamos no sofá. Quis me exibir. "Esse vinho vem de Borgonha, na França. Sua uva é a *Pinot Noir*, que lhe confere uma tonalidade mais suave comparada aos tintos. Tem o aroma de frutas vermelhas frescas com notas terrosas, que se reflete em seu delicado paladar."

"Espero que além de modernismo e vinhos, você seja especialista em pestes. Se tudo der errado, você será o maior responsável."

"Eu sei disso, é um projeto complicado, mas sou preparado e tenho experiência."

"Eu falei que o Presidente sabia como convencer alguém."

"Mara, essa peste é única. É meu dever cívico liderar o projeto de cura, e você também faz parte disso como especialista em Brasília."

"Eu sou só uma Ajudante de Ordem rebaixada a cuidar bem de um cientista meio maluco, que recebe as pessoas de roupão."

Dando risada, ela se levantou e tirou a blusa. Eu lhe agarrei no busto, mas ela me empurrou de volta para o sofá. Colocou seu pé direito em cima de mim e me mandou ficar quieto. Tirou o sutiã, mostrou seus seios fartos e deu-me sua irresistível piscadela.

14 CAP.

Terça-feira, 18 de setembro. Antes do Jornal Nacional, o Presidente José Vlad da Silva fez seu pronunciamento oficial:

"Senhoras e senhores, boa noite. Como vocês devem saber, o Brasil foi acometido por uma peste rara, sem precedentes na história da humanidade. Nem mesmo os famosos episódios europeus do passado podem ser comparados a tamanho enigma.

Atualmente, estimamos que cerca de 60% de toda a área plantada está transformada em cloreto de sódio, o sal de cozinha que as mulheres conhecem tão bem. Não há nenhuma notícia sobre essa enfermidade agrícola em outras culturas; ela se concentra nas batatas. Por isso, peço paciência aos cidadãos e cidadãs que, o que é natural e salutar, estejam impacientes com essa situação porque, muito em breve, normalizá-la-emos.

Saibam que, como sempre, o Governo Federal age com rapidez e comprometimento para apresentarmos as melhores respostas e garantirmos o pleno funcionamento da economia de nosso país. Nós construímos, com todos os deputados e senadores, um pacote de medidas que pavimentará a ponte para nosso futuro.

Destarte, anuncio a criação da Comissão de Urgências Tuberculares. Ela será presidida pelo conceituado botânico, Professor Titular da

Universidade Federal do Vale das Batatas e maior especialista em batatas do Brasil, quiçá do mundo, doutor Jameson Playfair Lindley.

Inclusive, neste momento, ele já está trabalhando no Plano de Emergência. Esterilizaremos todas as plantações do território nacional, para que cessemos o crescimento da moléstia. O agricultor pode ficar tranquilo, pois receberá gratuitamente todos os defensivos agrícolas necessários para o manejo fitossanitário, bem como um manual de instruções.

Incrementaremos as instalações da Universidade, que receberá equipamentos e profissionais do mundo todo para descobrir as causas da peste e anulá-las tempestivamente. Em nosso planejamento, também pensamos nos agricultores, principalmente naqueles de pequeno porte. Aprovamos uma PEC para garantir, em todas as cestas básicas, um mínimo de 20 quilos de batata, o que irá fortalecer a economia e os filhos da família brasileira. A medida valerá a partir do momento em que vencermos a peste.

A maior medida aprovada pelo meu Governo, sem dúvida, é o Bolsa Batata. Trata-se de um incentivo mensal para todos os produtores atingidos pelo flagelo, no valor de meio salário mínimo por hectare devastado. Com o Bolsa Batata, os agricultores poderão passar por esse momento calamitoso com mais segurança, dignidade e esperança.

Agora, para fazer o país crescer, é necessário investir, acreditar no sucesso de nossa Ciência e Tecnologia. Inexoravelmente, há custos que, posteriormente, serão multiplicados em forma de benefícios. Nós contaremos com um fundo especial para essa emergência, financiado por reajustes orçamentais nas pastas de saúde e educação que, repito, sairão beneficiadas em longo prazo. Os estados estão autorizados a aumentar o IPI durante os próximos dois anos, a título de incremento de receitas.

Para não sobrecarregar o bolso do mais pobre, daquelas pessoas que mais precisam de nosso amparo nesse momento, vamos retomar o mecanismo da Contribuição Provisória sobre Movimentação Financeira, a CPMF, que representará um pequeno acréscimo para os bancarizados e um alívio para os desassistidos.

São medidas capitais que precisam ser feitas para garantir a continuidade do agronegócio, que emprega milhões de famílias. Além, é claro, da manutenção da soberania nacional, uma prerrogativa da qual não abrimos mão. Por isso, conto com sua ajuda. Apoie nessas eleições os deputados e senadores de sua preferência que, dentro do jogo democrático, estejam do lado certo para aprovarem as reformas necessárias.

É muito importante haver o diálogo com o cidadão e a cidadã. Agora, respeitantemente à batata, sem querer desprendê-la do pedestal gastronômico no qual, amiúde, é posta, temos outros tubérculos com potencial para tirar-nos da crise, como a mandioca que, além de mais nutritiva, é um patrimônio nacional. Contudo, repito e ressalto, serão a contento os resultados que apresentar-lhes-emos.

Que Deus abençoe o Brasil e nossas batatas, boa noite."

15 CAP.

Mara não me acompanhou na volta para o Vale. Depois de nosso encontro na cobertura, só nos falamos por telefone. Cheguei na noite de terça-feira e passei a semana com dedicação exclusiva à cura da peste. Minha indisponibilidade de agenda incomodou Michele, tive que recusar alguns de seus convites mais sórdidos para dar conta de tantas atividades às quais estava responsável.

Comecei com a coordenação e a distribuição de defensivos agrícolas. Eram quase 100 mil toneladas de uma receita especial criada por mim, uma mistura de fungicidas, pesticidas, inseticidas, herbicidas, acaricidas e nematicidas, que deveria interromper o crescimento da peste.

Em paralelo, começamos a desenvolver o projeto de cura, definir o organograma e os melhores equipamentos para nossas pesquisas. De início, o Magnífico Reitor fez oposição, mas, com o tempo, todos os empecilhos para a modernização dos laboratórios e das contratações foram facilmente resolvidos. Eu tinha uma mala de vantagens a oferecer.

No final da semana, havíamos recebido novos aparelhos eletrônicos, novas amostras e novos livros. Os melhores especialistas do Brasil e do mundo foram contratados, o *campus* começava a parecer um simpósio.

Para organizarmos essa imigração de intelectuais, adaptamos o Ginásio Universitário Arione da Silva Pereira para um grande quarto coletivo, com infraestrutura básica para os cientistas se hospedarem.

É bem verdade que outros recintos também foram melhorados, nosso departamento de compras fez um grande trabalho com aquela mala, conseguimos aproveitar promoções e barganhar bastante. Como resultado, entregamos cadeiras mais confortáveis à Reitoria, *notebooks* ao Grêmio Estudantil, novos refrigeradores para Michele e uma bela repaginada na Biblioteca. Para estudantes e docentes em trabalho externo, compramos duas vans e algumas televisões 4K, sem pixels brancos. Gentilezas que nada atrapalharam o progresso da Comissão. Ao contrário, certos luxos são necessários quando nos confrontamos com o caos e o desespero diariamente.

Nesses dias, eu estava segurando uma amostra que, num piscar de olhos, sumiu. Não pude sentir o intervalo, o vácuo temporal entre a batata e o sal. Parecia que a transformação fora instantânea. O sal logo exerceu seu peso e escorreu da minha mão. Foi impactante, pois foi minha primeira vez.

As pessoas procuravam fortalecer seus laços com o mundo espiritual através de cultos e crendices populares. Pelo Vale, o sal que se acumulava era paulatinamente recolhido pelos produtores que, na falta de batatas, ofereciam o que tinham às mãos. O Sal da Peste ganhou fama de místico, passou a ser vendido para oferendas, pajelanças e rituais religiosos pelo país.

Em contrapartida, geraram crises fatais de hipertensão em desafortunados que comeram uma batata e, em seguida, tiveram seu estômago invadido, tal qual um Cavalo de Troia, pelo colapso de cloreto de sódio. A igreja ficava lotada em todas as missas, uma novena se instalou em frente ao CDT para, dia e noite, rodar o terço e nos abençoar.

Com medo, muitas pessoas passaram a estocar cenouras, beterrabas e mandiocas para, num eventual desastre, estarem protegidas. Essa demanda repentina aumentou o preço das sacas de outros tubérculos, agradando os comerciantes. Todos aproveitavam a farra, menos os bataticultores, cuja produção e qualidade dos alimentos diminuía. Depois de alguns dias, a Central de Qualidade proibiu totalmente a venda de batatas, sob o argumento do risco de contaminação de culturas livres da peste até aquele momento.

Tendo que vender seus produtos longe do CDT, os agricultores se juntavam a trezentos metros. Poucos clientes, somente os mais entusiastas, se aventuravam no entroncamento de caminhões cheios de sal e algumas batatas. Na baixa procura, era possível ver sacas inteiras virando sal antes mesmo de serem vendidas, um aumento de grão em grão, literalmente, do prejuízo. Nesse mercado paralelo, o preço disparou, a saca de 81 reais passou a ser vendida por 360. Engana-se quem pensa que os produtores enriqueceram. Na verdade, como a quantidade de sacas diminuía, o suado lucro também foi se dirimindo.

Pior do que a desconfiança dos clientes e a insensibilidade da Central de Qualidade era o desprezo dos produtores das outras culturas. Mesmo em maioria numérica, Omar e companhia passaram a ser malvistos, como que sujos e maculados pela doença misteriosa.

Somente Agenor estava do lado dos batateiros e circulava livremente entre eles. Por solidariedade, doou suas últimas batatas àqueles que mais precisavam. Havia a promessa de que o Bolsa Batata começaria a ser entregue, mas ninguém da agência sabia do tema.

A esperança de uma ajuda de custo não conseguiu animar os batateiros pois, a cada dia, suas propriedades iam se transformando num imenso mar branco. Com menos trabalho, Omar acabou dispensando seus funcionários. Índio e Elefante não mais eram necessários. As demissões foram constantes naquela semana, aumentando abruptamente o desemprego no Vale.

No domingo, pela manhã, saíram os desanimadores resultados do Plano de Emergência. Não conseguimos conter a peste. Mesmo assim, tentei não desanimar e enxergar a situação como a chance de provar empiricamente minha grande contribuição para a ciência.

O projeto futuro ficou pronto, eram mais de 300 páginas com detalhamento dos experimentos, da mão-de-obra e de plantas de todos os laboratórios que seriam construídos. Mandei o documento a Mara, sabia que ele estava maravilhoso, exceto por um detalhe: precisávamos de um hectare para a instalação de enormes galpões destinados à pesquisa *in loco*.

A Universidade não dispunha de tanto espaço, o que nos obrigaria a alugar uma propriedade e construir postos avançados, nos quais seriam estudados o terreno, o ar e as batatas que sobreviverem. Eu conhecia o lugar ideal e convidei a família Salgado para jantar.

16 CAP.

Na minha televisão 4K, eu assistia aos melhores momentos do empate do Corinthians com o Internacional, times rivais pelos quais tenho muita simpatia, o primeiro pela infância, o segundo pelo período em que morei em Rio Grande do Sul. Fazia tempo que não conseguia me conectar a algum conteúdo que não fosse sobre a peste.

A mesa da sala, outrora bagunçada e cheia de papéis, fora arrumada por mim, enquanto uma cozinheira preparava nosso jantar. Dois gols depois, ela me disse que tudo estava pronto. Antes de partir, agradeci e fiz questão de lhe dar uma generosa gorjeta, pois, além de estar fazendo hora extra, era uma mulher de confiança. Notas de 50 e 100 reais estavam sobrando em meu bolso, e seria uma indelicadeza pedir troco.

Pouco tempo depois a família Salgado chegou. Omar vestia-se muito parecido comigo, jeans, polo amarela e sapatênis. Todas as mulheres usavam vestidos longos e bem cuidados. Rosa se maquiara, foi a única vez em que a vi assim. Wanda também estava animada, trouxe-me um bolo de fubá para a sobremesa. As Marias entraram desconfiadas.

Eu os convidei para um pequeno *tour* em minha cobertura. Em seguida, abri um vinho, que dividi com Wanda e Rosa. Para Omar e as crianças, Guaraná. Sentamos à mesa de jantar e começamos a conversar e beber.

"Muito bonita sua cobertura, dr. Jameson", disse-me Rosa.

"Muito obrigado. É um lar que conquistei sozinho, o governo nunca facilitou minha vida."

"O governo nunca ajudou ninguém aqui no Vale, eu tô com financiamento pra sair e nada", reclamou Omar.

As Marias olhavam ao redor, para o ambiente muito diferente daquele com o que estavam acostumadas. Levei-as ao orquidário e elas se encantaram com a altura em que estávamos. Ficaram apontando para os lugares que conheciam de perto, mas logo se entediaram. Eu me prevenira, sabia que a noite poderia ser chata para elas e comprara um pacote *kids* por assinatura na TV, com mais de 30 canais de desenhos e programação infantil.

"Quem quer ver desenho em altíssima resolução?", instiguei.

As Marias se sentaram no sofá e eu liguei a televisão. "Aqui, podem escolher, tem vários canais diferentes", e entreguei o controle remoto para Mafê.

"Tio, tem *YouTube*?"

Não soube responder, dei de ombros. Deixei-as entretidas e, antes de voltar à mesa, Maria Fernanda já havia descoberto como acessar a internet. Tempos depois, já na segunda garrafa, os adultos gargalhavam bastante das histórias de Wanda.

"Quando criança, eu tinha muita dor de cabeça. Demorou uns oito anos pra meus pais descobrirem que eu era míope. Sabe como minha mãe fazia? Colocava batata em rodelas na minha testa, pra ver se a dor passava. Daí, meu pai nos levou pra cidade de ônibus. No cinema só havia sobrado ingressos pra a sessão da tarde. Nós esperamos sentados duas horas antes do filme, que era As Noivas do Vampiro."

"Nossa, criança assim vendo filme de terror?", interrompeu Rosa.

"Nem sei, meu pai deve ter dado um jeitinho. Eu só sei que adorei, ainda mais que os filmes de antigamente tinham intervalo, todo mundo se levantava pra conversar, os jovens paqueravam. Minha mãe contava que, quando a gente chegou em casa, estávamos morrendo de fome, eu com muita enxaqueca. Sabe o que eu pedi pra ela? Pra temperar a batata com alho pois, além de dor de cabeça, eu estava medo do vampiro."

Todos rimos bastante. Acendi o forno, em 5 minutos levei à mesa um delicioso risoto de carne seca com queijo coalho, servido numa minimoranga. Eles adoraram a escolha e a execução do prato. Durante a degustação, aproveitei os ânimos felizes para focar no meu interesse.

"Omar, eu chamei vocês aqui por um motivo especial. A Universidade não comporta a construção dos laboratórios de que precisamos, visto que serão 960 experiências ao mesmo tempo."

"Isso é muita plantação mesmo", ele respondeu.

"Eu vou ter que alugar um grande terreno para esses postos avançados. Pensei em você. O que você acha de arrendar seu sítio para as pesquisas da Comissão?"

"Tá louco? Onde eu vou plantar batata?"

"Não é o sítio inteiro, preciso de um terço. Além disso, as batatas estão virando sal, sabe-se lá até quando."

"Não gosto da ideia. Eu posso plantar outras coisas, cenoura, beterraba ou mandioca."

"Você vai poder plantar no espaço que sobrar. Entretanto, não vai precisar, terá 30 mil reais por mês como contrapartida."

Rosa olhou seu marido com orgulho em suas feições maquiadas. Wanda também gostou, tomou mais um gole de vinho.

"Quanto tempo de arrendamento?", perguntou Omar.

"Fica em 36 meses."

"Caralho, 36 meses!? Isso é quase três anos."

"As instalações serão provisórias, após meu sucesso serão desativadas. Mesmo assim, a lei estipula um prazo mínimo para lavouras temporárias."

"Não sei, é muito tempo. Daqui a pouco você encontra essa cura da peste e eu vou poder plantar batata no sítio inteiro."

"Amor, tu precisa lembrar que o financiamento tá atrasado, se ele não vier, vamos ficar sem nada pra recomeçar." Pude ver os olhos de Rosa lacrimejarem – o vinho aflorara suas emoções.

"Além disso, você pode usar seu financiamento na plantação de outras culturas no espaço que sobrar. Eu já lhe falei, só tem vantagem você arrendar um hectare para a Comissão."

Nesse momento, Maria Fernanda chegou à mesa, deixando sua irmã dormindo no sofá. Ela foi comer algo, mas não gostou do cardápio. Deu apenas umas garfadas por ordem da avó. Aproveitei a interrupção no assunto para pensar na próxima argumentação. Resolvi apelar para o emocional.

"Omar, eu reconheço o esforço pessoal que você fará durante o arrendamento e quero lhe recompensar como seu amigo. Durante o período de atividade, a instalação vai se chamar Centro de Estudos Avançados Esteves Salgado. O que você acha?"

A homenagem ao pai balançou Omar, que abriu um sorriso e, finalmente, aceitou minha proposta. Propus um brinde para celebrar o momento. Ficamos a conversar e beber mais um pouco, quando Wanda e Maria Fernanda se levantaram e foram observar minha biblioteca. Elas a estudavam atenciosamente, com a avó sempre a repetir à pequena que não tocasse em nada.

"Tio, quantos livros você tem?", perguntou a menina.

"Nessa estante eu tenho 1.853. Na biblioteca virtual tenho mais 408." Estendi a ela meu *Kindle*.

"Nossa, você consegue ler um livro com um *tablet*?"

"Não é um *tablet*, querida."

"Dá pra acessar o *YouTube*?"

Novamente, não soube responder, dei de ombros. A menina fez um pequeno muxoxo, mas logo voltou sua atenção para o *gadget*, e Wanda tomou a palavra.

"Que graça tem, vocês ficam o dia inteiro olhando pro celular e, na hora de ler, continuam nessa merda."

"Também não é um celular, dona Wanda. Ele se chama *Kindle*, é um dispositivo no qual posso ler milhares de publicações."

"Onde você guarda os livros, eles ficam voando?"

"Quase isso, eles ficam nas nuvens."

"Ah, esse negócio não vai dar certo. Quem vai querer trocar um livro de verdade por mais um celular pra carregar por aí?"

"Bom, se a senhora quiser pegar um livro em papel, emprestado, fique à vontade", e encerrei o assunto.

Wanda foi até *Madame Bovary*, de Flaubert. Maria Fernanda me olhou e abraçou meu *gadget*, na hora entendi seu recado.

"Pode levá-lo de presente, eu comprei um *Kindle* mais moderno esses dias. Você vai cuidar bem dele?"

Após sua empolgada afirmação com a cabeça, continuei. "Como você é uma menina muito esperta, vou sugerir para você ler *O Mundo Assombrado pelos Demônios*, de Carl Sagan. Você vai me agradecer quando ficar adulta."

Vendo a alegria da criança, Rosa também se empolgou. Um pouco rubra de vergonha, escolheu *50 Tons de Cinza*, de E.L. James. Omar se recusava a escolher o seu, dizia que nem era dado à leitura nem tinha tempo de ler.

Eu sabia que ele estava ocioso, precisava de algumas distrações para aliviar o estresse das mudanças. Senti uma forte intuição de lhe emprestar o livro *Feliz Ano Novo*, de Rubem Fonseca. "Aproveite, tem vários contos que podem lhe ajudar a ter novas ideias para seus problemas."

"Quando a grana do arrendamento sair, isso sim vai resolver meu problema."

"Fique tranquilo, o dinheiro sairá já no próximo mês."

Já passava das 11 da noite. Trôpega, Rosa acordou Malu para partirem. Nós nos despedimos como um grupo de amigos que acabara de estreitar a amizade. Sozinho, terminei a última garrafa de vinho e fui tomar um banho para, no dia seguinte, ir a Brasília.

Naquela noite, Omar e Rosa namoraram como antigamente, barulhentos e cúmplices, uma banda que se regozija na iminência do naufrágio.

17 CAP.

Por volta das 10 da manhã, o sol de Brasília era forte. O Palácio do Jaburu, residência oficial dos vice-presidentes, tinha bastante iluminação natural. Eu estava sentado num imenso sofá cinza, com uma distância enorme entre o encosto e a frente, de maneira que mantinha uma postura que forçava minhas costas para não tirar os pés do chão.

A Sala de Estar era decorada com um imenso painel de vidro da artista Marianne Peretti, e com quadros de Rossini Perez. Um lugar muito aprazível, apesar de imponente em suas dimensões. Eu admirava as obras de arte quando entraram no recinto o Presidente e sua digníssima esposa.

"Dr. Jameson, quero que conheça minha esposa, Amélia."

Ela era uma mulher linda, pele branca como a neve, lábios angelicais, olhos azuis e uns 40 anos a menos que o marido. Vestia-se com muito recato, vestido azul com rendas brancas. Trazia consigo uma bolsa *Michael Kors* turquesa, de onde tirou um caderno e um jogo de canetas, que lhe conferiam um ar professoral. Amélia ficou bem em minha frente, numa poltrona listrada.

"Prazer em conhecê-lo, dr. Jameson", disse a Primeira-Dama. "Sabendo de sua visita, tratei de ler seu livro."

"Você gostou?", perguntei.

“Sim, muito interessante o que você escreveu. Eu até o indiquei para o clube de leitura das esposas de parlamentares.”

“Permita-me lhe perguntar, sua casa é muito bonita, mas porque vocês moram na residência dedicada aos Vice-Presidentes? Não seria melhor ficar no Palácio da Alvorada?”

“Para aquele lugar ficar habitável, algumas coisas têm que mudar”, disse Amélia. “Meu marido e eu achamos melhor reformar o Alvorada somente após reformar a Previdência.”

O Presidente engasgou-se com a saliva e começou a tossir. Tentou se desculpar, mas a voz saía rouca e demoníaca. Prontamente, Amélia sacou da bolsa uma pastilha e resolveu tudo.

“Qual o título de seu livro?”, perguntou-me o Presidente.

“Chama-se *O Universo Numa Casca de Batata*. Fala sobre a força gravitacional em relação ao crescimento das batatas numa linguagem popular.”

“É justamente por isso que lhe chamei. A Mara nos enviou ontem seu projeto, que já foi aprovado por minha equipe. Entretanto, antes da minha aprovação, gostaria que me explicasse melhor suas experiências, para eu poder argumentar com a imprensa.”

“Claro, sr. Presidente. Inicialmente, o título de minha tese de pós-doutorado é ‘O impacto da equiparação das densidades dos estatocitos e do citosol numa célula de *Solanum tuberosum* em relação ao gravitropismo.’ Em outras palavras, o que acontece quando o mecanismo de detecção da gravidade da batata para de funcionar.”

“E o que acontece?”

“Sr. Presidente, acompanhe meu raciocínio. Uma célula funciona como um pequeno corpo. Em seu interior existem vários órgãos, cada um com sua função específica. As organelas ficam submersas num líquido que preenche todo o citoplasma, chamado citosol.”

“É como um feto, que fica imerso no líquido amniótico, que preenche toda a placenta”, salientou Amélia, que desenhara numa folha pautada uma mulher grávida com caneta rosa.

Eu continuei.

"Nas células da batata, assim como em outros vegetais, existe uma organela chamada amiloplasto. Ela é responsável pela síntese e pelo armazenamento de grãos de amido, que é como um polímero de glicose. A composição $C_6H_{12}O_6$ é interligada repetidas vezes através de um carbono e um oxigênio. Daí a diferença na formulação final do amido, que é $(C_6H_{10}O_5)_n$."

O Presidente fazia uma cara de dúvida, ao contrário de sua esposa. Tentei aliviar no linguajar científico, mas tinha o dever de explicar por completo. Sem perceber, passei a conversar com a Primeira-Dama sem me importar com seu esposo.

"Existe um tipo de amiloplasto especial, os estatolitos. Eles se localizam bem na ponta das raízes, numa região conhecida como coifa, uma perfuradora que abre espaço no solo para crescimento da raiz. Os estatolitos, interligados entre si por uma rede de proteínas chamada actina, são mais densos do que o citosol. Por isso, devido à ação da gravidade, eles migram para a parte mais baixa do citoplasma, levando consigo a maior parte da auxina, hormônio de crescimento das plantas. É uma forma de transformar energia potencial em desenvolvimento bioquímico."

"Os estatolitos indicam à planta para onde crescer e para onde brotar", salientou Amélia.

"Sim, é um mecanismo conhecido como gravitropismo."

"Posso concluir que a batata sempre aponta para os trópicos?", perguntou o Presidente.

"Não, meu amor", respondeu sua esposa. "Esse mecanismo explica o porquê de as raízes não crescerem para cima nem as flores florescerem para baixo da terra."

Continuei minha explicação ao contar que certo dia, em meus estudos sobre a batata, eu me perguntei o que aconteceria se, de alguma forma, a densidade dos estatolitos ficasse igual à do citosol? Isso faria com que a planta perdesse o senso de direção, não conseguindo entender a gravidade da situação. Para tal evento acontecer, uma das densidades, no mínimo, teria que se modificar. Ou o citosol fica mais denso ou o estatolito fica menos denso. A primeira opção não é possível, pois o aumento da densidade do líquido interno acabaria disparando a pressão do citoplasma, que romperia e mataria a célula por choque hemorrágico.

"O que poderia diminuir a densidade do estatolitos?", perguntou Amélia, afoita por conhecimento.

"Não há, catalogado na ciência, qualquer organismo capaz de causar esse efeito. Entretanto, após três anos de pesquisas em química orgânica, descobri algo surpreendente. Se os estatolitos da batata ficassem menos densos, todo o sistema de gravitropismo seria abalado. A energia da auxina seria liberada de maneira desordenada, causando um colapso químico que rearranjaria todas as moléculas orgânicas em glicose. Em seguida, elas se transformariam em diversos carboidratos cristalizados comestíveis, como a sacarose e a frutose. Os demais elementos químicos evaporariam e seriam reabsorvidos pela atmosfera."

"É como se essa peste impedisse a batata de saber para onde crescer e ela acabasse sumindo."

"Exato, Amélia!" Eu estava encantado com sua classe e inteligência. Percebi a grande injustiça que era uma Primeira-Dama tão distinta morar num palácio dedicado aos jaburus.

"Doutor, na sua tese, as batatas se transformam em açúcar. Na vida real, elas estão virando sal. Como isso se explica?"

A pergunta de Amélia me pegou. Aquela discrepância me intrigava. Vendo minha cara de dúvida, brincou "É bom que assim não acumula formiga."

Nós rimos juntos. Pude perceber que a Primeira-Dama estava sedenta por conhecimento. "O sal já vem refinado?", perguntou novamente.

"Essa é uma das respostas que o doutor obterá com a próxima experiência", interrompeu Vlad. "Como será, então, o projeto?"

"Eu montei uma equipe com 91 pessoas, que trabalharão na Universidade e no Centro de Estudos Avançados Esteves Salgado, o CEAES. Haverá ainda algumas pessoas que irão me acompanhar nos testes de fronteira, que vão necessitar de um navio militar."

"Navio militar? Eu já estou em dívida com os militares, precisarei interromper sua intervenção só para votar a PEC."

"Não se preocupe, conversei com um general-fazendeiro amigo meu. Ele me garantiu um navio, que vai me ajudar a validar minha tese das densidades internas. Em solo, vamos estudar a causa da peste e, no final, desenvolver a cura."

"Tudo isso dentro do orçamento de 200 milhões, imagino eu."

"Sr. Presidente, as necessidades mostraram que precisaremos de 500 milhões de reais."

"Dr. Jameson, vou ter que abrir muitas concessões para os congressistas aprovarem esse novo valor, então, lembre-se de que o dinheiro dos contribuintes não é feito para ser desperdiçado. Isto posto, você tem meu voto de confiança."

O Presidente encerrou a reunião e chamou um Ajudante de Ordem. Passamos por um modesto escritório, todo em madeira escura, e pelo *hall* de entrada, com uma poltrona marquesa. Já no exterior da residência, percorremos um caminho formado no vasto jardim, planejado por Roberto Burle Marx, com emas e árvores típicas. Havia até uma caviúna, parecida com a do sítio de Omar.

O Ajudante me deixou na saída do estacionamento, ao lado da van que me trouxera. Perto das 15 horas, entramos no jatinho. Eu ainda estava com certa ressaca da noite anterior e resolvi curá-la com *Häagen-Dazs*. Mara, satisfeita com seu status e seu trabalho, sentou frente a mim, mas não conversamos, dormimos a viagem toda. Chegando ao Vale, antes que pudesse tomar um banho, recebi a mensagem 'todas acabaram', e tive que sair novamente.

18 CAP.

No Vale, Omar acordou tarde, por volta das 11 da manhã. Não sabia bem o que fazer, sentiu-se perdido. Foi caminhar pelo sítio, ver se havia algum resquício de batata, qualquer coisa, nem que fosse um broto. Nada encontrou. Não valia a pena ir ao CDT, já que o caminhão estava vazio. Entrou no Santana e foi dirigir pelo Vale, conferir se encontrava algum tubérculo.

O ar estava seco até para os acostumados a passar horas debaixo do sol. Os tradicionais buracos da estrada já não eram um perigo, porque estavam preenchidos pelo sal. Mesmo assim, andava devagar, com o olhar atento para os lados. Em vão. Tudo à sua volta estava acabado.

Foi quando ouviu um barulho seco e ríspido. Algo havia atingido seu vidro frontal. Parou o carro e observou um pequeno e viscoso amontoado, do tamanho de uma digital. Era todo escuro, com alguns pontos avermelhados, composto por minúsculos pedaços de folhas, ossículos e insetos. Quem não estava acostumado diria que fosse um punhado de repolho roxo estragado, mas Omar sabia do que se tratava: cocô de coruja.

Sinal de mau agouro.

O agricultor aprendeu desde cedo a respeitar a sabedoria popular e sabia que as fezes daquele animal não eram bem-vindas. Saiu do carro e, após limpar a sujeira, observou um ponto pardo, nem tão distante, a encará-lo e desafiá-lo. Era uma coruja-orelhuda, que resolvera dar um passeio diurno e cagara em local proibido.

Pé ante pé, Omar começou a se aproximar da rapina, que permanecia imóvel. Até a respiração tentava controlar para não assustá-la. Parou a uma distância razoável, conseguia distinguir a penugem camuflada, amarela e preta, os olhos imponentes e amarelos, o bico adunco.

Devagar, agachou-se e pegou uma pedra. Arremessou-a com toda força, mas a ave era lépida. Alçou voo adivinhando a ameaça e, orgulhosa, aterrissou poucos metros depois. Omar novamente se aproximou armado. Esperou o vento passar, respirou fundo e arremessou a pedra em direção à face da coruja-orelhuda. Ela voou, foi até certa altura e desceu mais distante, ainda encarando o ávido agricultor.

Eles foram se afastando cada vez mais da estrada, numa dança que envolvia mira e agilidade, teimosia e astúcia. A cada pedrada, mais longe caminhavam. Era um ritual de resistência. Após muitos ataques, os joelhos de Omar doíam. A luz solar refletia nos montes de sal e lhe fazia arder e avermelhar os olhos. Sua testa estava mais sensível ao sódio do ar e do suor. Na iminência de desistir, pensava o quanto dava duro na plantação e o quanto sua herança era maior que um sítio.

A coruja encetou um voo mais distante e rasteiro, parando em cima de uma protuberância amarelada que resistia. Era uma batata, a única vista naquele dia. Tomado de forças que só se encontram em momentos extremos, agachou-se e pegou uma pedra, a última que estava disposto a arremessar.

Omar fixou os pés no chão e encarou o animal por algum tempo, calculando as melhores rotas para o projétil. Se mirasse um pouco acima da cabeça, a ave seria surpreendida em plena fuga. Fez o sinal da cruz pedindo a bênção. Naquele movimento, a luz brilhou no bico da coruja e era como se uma longa lâmina fulgurante lhe atingisse na testa. Sua visão estava bastante turva, e foi então que tudo vacilou.

A ave gritou e abriu as asas. Omar crispou sua mão na pedra. Arremessou-a, deixando que toda conjectura balística ficasse a cargo de seu inconsciente raivoso e sedento. O barulho do choque destruiu o equilíbrio do dia. Ele secou o suor da testa, dos olhos e, quando conseguiu ver, a coruja-orelhuda sobrevoava a região, desta vez mais alta e mais distante.

"Da próxima você não me escapa", gritou Omar, que não conseguiu reparar se a ave levava a batata. De toda forma, o tubérculo havia sumido e era isso que importava.

Cansado, sentou-se no chão e viu que o mosaico verde dera lugar a um oceano seco. Por todos os lados, a paisagem aluída se repetia, o solo corroído e sem nutrientes. Morto, em suma. O vento se encarregava de misturar sal por todos os cantos. Naquela situação, era difícil distinguir a fronteira entre a estrada pública e as propriedades privadas, pois mesmo as cercas estavam deterioradas, as malhas de arame farpado carcomidas de maresia. Impotente com a peste, Omar chorou. Era sua ruptura.

Preso no deserto dentro e fora de si, não percebeu que uma Ranger 3.0 se aproximava. "Conseguiu encontrar alguma?", chegou uma voz ao longe, grossa e alta, com certo tom de ironia. Omar se virou e encontrou um homem gordo e bonachão. "Eu também saí para procurar alguma batata, mas não encontrei nada, taquipariu."

"Não tá fácil pra ninguém, Agenor", Omar abraçou o amigo.

"Como você está, meditando aqui fora?"

Omar estava triste e desamparado, queria desabafar. Aos soluços, falou. "Eu me pergunto o que meu pai faria hoje caso não fosse aquele infarto de manhã. O velho parecia ter sempre as respostas, decidido em tudo."

"Eu sei, Esteves foi um grande homem. Fez muito pelo pessoal do Vale."

"O que me consola é que ele está num lugar melhor do que essa merda toda."

"Sabe, a natureza dá e tira, se renova na destruição. Para ela, a única regra é a transformação. Tudo muda, você não pode plantar duas vezes a mesma batata. Todos estamos condenados à morte."

“Não diga isso”, Omar fez o sinal da cruz. “Você não tem medo de morrer?”

“Eu tenho, por isso sou precavido. Aliás, precavido ao quadrado.”

Os dois ficaram alguns minutos parados observando o Vale. Já começava a escurecer, Omar tinha que receber suas filhas. Despediram-se com afeto. Agenor era um bom amigo. Logo que voltou para casa, desiludido, sem esperança de que novas batatas viriam, Omar me mandou a mensagem ‘todas acabaram’.

19 CAP.

Decidi visitar Omar para lhe dar ânimo. Conversávamos no escritório dentro da garagem, que parecia uma repartição pública abandonada, com arquivos abertos e papéis soltos em cima da mesa de madeira. As paredes internas eram divisórias de fórmica, beges em baixo e envidraçadas em cima. O que destoava era a incrível coleção de vinis e fitas cassetes que lá ficavam, também bagunçados.

"Oficialmente, hoje é o dia em que a peste das batatas atingiu 100% das plantações. O último tubérculo nativo sumiu há duas horas", eu disse.

"Dá um sentimento de não poder fazer nada. Eu ouvi dizer que, de manhã, os batateiros juntaram tudo o que tinham e fizeram uma saca que venderam por 500 reais. Foi a última do Vale."

"Seu pai tinha bom gosto musical", disse, para animá-lo.

"Meu pai era crânio. Trabalhava de dia na plantação e, de noite, curtia um rock. Às vezes, até brincava de fazer umas poesias."

Fiquei espantado, nunca conheci esse lado artístico de Esteves. "Ele sempre foi cheio de surpresas."

"Pois é, já começou na escolha do meu nome, Omar Salgado, nome feio pra caramba", e deu risada.

"Que nada. Por que ele escolheu esse nome?"

"Meu pai viajava. Ele queria que meu nome representasse alguma coisa sobre o amor, e descobriu que as mesmas letras de 'amor' formam 'Omar'. Já viu isso?"

"Sim, se chama anagrama."

"Daí, ele foi convencer minha mãe. Disse que meu nome lembrava uma poesia do Fernando Pessoa, que ela gostava de ler."

"Qual poema?"

"Ó mar salgado, quanto do teu sal, são lágrimas de Portugal... e por aí vai."

Ficamos a conversar sobre a curiosa origem de seu nome e rimos bastante. Eu também precisava relaxar. Pedi que colocasse um vinil do Led Zeppelin para escutarmos. Posicionou a agulha diretamente na quarta faixa, *Stairway to Heaven*. Ele me entregou a capa com o camponês, que ganhara uma tez amarela, feita com caneta marca-texto, travessura de criança. "Meu pai dizia que esse cara estava carregando pau de caviúna nas costas, por isso era tão pesado. Ele brincava que esse disco tinha que ser cremado junto com ele, mas eu não tive coragem. O vinil tá aqui, mas as cinzas dele estão debaixo da caviúna. Faz cinco anos, ela cresceu bastante."

"Não sabia que a caviúna do cerrado era o túmulo de seu pai. É uma maneira de lidar com a saudade e com a nossa própria morte."

"Uma vez pensei que ia morrer. Estava com meu pai, trabalhando, e uma abelha me picou. Comecei a engasgar, minha língua inchou e parecia que minha garganta tinha ficado menor. Então começou a faltar ar, chamei meu pai e ele tomou um susto. Eu estava vermelho e com as bochechas enormes, quase não abria o olho."

"Você deve ter alergia ao veneno de himenóptero."

"Tenho alergia a abelha mesmo. Meu pai pegou o carro e me levou pro hospital, tomei várias injeções e fiquei dois dias de cama. Deus me livre e guarde de morrer assim." Omar fez o sinal da cruz. "Só quero morrer quando cumprir minha missão na terra, que nem meu pai. Meses antes de morrer, ele pediu pra minha mãe me entregar uma carta quando finalmente fosse pro céu."

Ele se levantou e se dirigiu a um armário de quina. Aos trancos, abriu a primeira gaveta, gerando um incômodo som de atrito metálico. Pegou uma caixa de sapato com carrinhos que guardava da infância, com tinta desgastada pelo uso. No meio dos brinquedos viu um envelope. Deu uma suspirada, retirou uma folha de papel escrita à mão e me ofereceu para que eu lesse.

Filho, não se rebaixe à mais vergonhosa burguesia, tampouco sucumba à atraente vigarice pessoal. Acerte, erre e aprenda a indiferença que desafia a vida. Saiba multiplicar no sagrado sítio de nossa família o privilégio de trabalhar no ofício do costumeiro tubérculo, o qual gerou a visão futura de uma casa para sempre atrelada a todas as batatas nascidas neste chão. Vou embora satisfeito, espero com expectativa subir a passo firme a esquina baixa e ociosa do purgatório, a esperar meu destino transcendental. Siga seu caminho ao grau de trincar, quebrar e superar tudo aquilo que acorrenta e, com a bênção de Deus, acumule centenas de anos-luz de fé, milhas de aprazimento e oito metros de razão. Sempre te amarei, independentemente de onde minha alma morar.

E.

3 PARTE

A EXPERIÊNCIA

20 CAP.

Agenor de Éfeso e Silva, 53 anos, pegou um punhado de milho e o jogou no chão estéril para alimentar uma seriema. Pernilonga e esbelta, empoleirada numa viga da cerca de seu sítio, a ave parecia rir de todos nós. Mesmo com o hectare das batatas completamente sem vida, o agricultor ainda guardava tempo para admirar o cantar dos pássaros. Gostava de tomar café bem cedo para acompanhar a rotina de jaós, pavãozinhos-do-Pará, inhambus xintãs ou chororós, papagaios verdadeiros ou maracanãs. Antigamente, quando era dia de sorte, o agricultor acordava com alguma arara em sua janela, canindés vermelhas e azuis.

Bons tempos.

Naquela manhã, Agenor se contentava em escutar a seriema. Ambos compartilhavam da mesma companhia e da mesma miséria. Pegou algumas poucas caixas de tubérculos para levá-las ao CDT. Uma a uma, encheu sua Ranger e, enquanto fazia os últimos nós da lona da caçamba, um homem apareceu em sua visão. Com hesitação, um rapaz de baixa estatura e bastante acima do peso se aproximava. Era o filho de seu vizinho, a quem conhecia desde a infância. Sua camisa regata entregava o elefante tatuado em seu braço direito.

"Juninho, há quanto tempo", disse Agenor quando o jovem se aproximou. "Votou ontem?"

Era oito de outubro de 2018. No dia anterior, o Brasil havia escolhido os candidatos para o segundo turno do pleito presidencial.

"Eu não voto, tio", respondeu Elefante com gestos trôpegos e exalando álcool.

"Agora, com as férias forçadas, eu vejo seu pai brincar de tiro o dia inteiro."

"Ele gosta, mas acho que vai parar logo."

"E você? Já conseguiu um novo emprego?"

"Não encontrei nada, tio, a coisa tá foda."

"Uma hora as batatas voltam a nascer, fica tranquilo, a vida vai melhorar."

"Pois é, tio. E o senhor, o que tem feito?"

"Eu tenho plantado é mandioca!", respondeu o piadista, mimetizando com a mão.

"Sei não, hein... Tem uma fita rolando aí que o senhor tá plantando batata..."

"Como? Se eu estivesse plantando batata, estaria rico!", e riu do boato popular.

"Deixa eu ver o que tem aí na caminhonete."

A expressão de Elefante mudou. Havia certa tensão, um frenético piscar de olhos. Ele inclinava sua cabeça desconfiado, o que assustou Agenor.

"Como assim, ver?"

"Abre o carro aí, tio!", ordenou o jovem, que tirou da cintura um *Chiappa Rhino 50DS* cromado e, sem apontá-lo diretamente, balançava-o com força.

"Eu conheço esse revólver, eu mesmo dei para o Adalberto, quando fez 60 anos."

"Então você sabe o estrago que faz..."

"Juninho, eu te conheço desde que você nasceu, te carreguei no colo, por favor, não precisa disso."

"Me deixa ver essa porra!"

Agenor levantou a lona com as mãos trêmulas e respiração ofegante. Ainda de arma em riste, Elefante pegou um tubérculo, olhou e cheirou. "É batata, porra!"

"Calma, Juninho, não precisa disso!"

"Calma é o caralho, você tá vendendo batata que eu sei."

"Juninho, por favor...", disse Agenor, que se ajoelhou, franziu a testa e lacrimejou. "Eu juro por Deus que isso é mandioca. Olha a cor, a textura, o gosto..."

Fazendo jus ao apelido, Elefante deu uma dentada no tubérculo cru, esmagando-o com casca e tudo. Destravou seu *Chiappa* e o pressionou contra a testa franzida do agricultor.

"Me fala, tio, me fala. Tem cheiro de batata, cor de batata e gosto de batata. É o que, então?"

"Mandioca..."

POW!

O barulho do disparo ecoou por todo o Vale, fazendo até a seriema voar. Colérico e cheio de adrenalina, Elefante mimetizou o pássaro e, pelo efeito manada, fugiu. Entrou na Ranger e saiu em alta velocidade, deixando para trás o solo salgado tingido de sangue e coberto de massa encefálica.

De sobressalto, Fátima acordou com o barulho. Ela vestiu suas chinelas e seu roupão de lã. Desceu as escadas correndo e abriu a porta para encontrar seu marido jogado ao chão, desengonçado e inerte. Dir-se-ia que estatelou-se como um saco de batatas, mas tal humor seria intempestivo até para o ex-bonachão Agenor.

Todos estamos condenados à morte.

21 CAP.

O assassinato adiou em um dia a inauguração oficial do CEAES. Estavam marcadas visitas guiadas, algo festivo e voltado à imprensa, mas não havia clima. Todos soubemos da notícia bem cedo, não demorou muito para ela se espalhar pelos grupos de WhatsApp e, posteriormente, pelo Ginásio Arione da Silva Pereira, causando grande comoção. Se lidar com sumiços misteriosos já trazia pressão psicológica, assassinatos eram demais, e tivemos duas desistências na equipe.

Fui até a cena do crime junto ao casal Salgado. Quase não ventava, o ar entrava pelas narinas e as corroía. Havia uma multidão formada, era possível ouvir os gritos e gemidos da viúva, acudida pelas mulheres que a rodeavam. No exterior da residência, os homens tentavam entregar ao falecido um pouco de dignidade. O delegado Brandão isolou a área do corpo e calçou luvas cirúrgicas, fazendo as vezes de legista. Durante sua análise, apenas nos deixou cobrir o cadáver com o jornal do dia que, justamente, anunciava a inauguração do CEAES.

Naquele momento, o incauto Elefante já deveria estar longe, mas sua captura era questão de tempo. O ex-ajudante e mais novo assassino não contava que Agenor era um homem precavido, aliás, precavido ao quadrado, e instalara câmeras de segurança em sua casa. Na sala de estar, Jayme recuperou as imagens e estava tudo lá, a aproximação, as ameaças, o tiro e a viúva a cair chocada.

Durante a tarde, o clima na Universidade estava pesado, um incomum silêncio nos laboratórios nos lembrava, initerruptamente, que o caos externo atingira níveis nunca antes vistos na história desse país. Havia se passado duas semanas desde o arrendamento do sítio e, nesse tempo, as coisas só pioraram.

O Governo aprovou todas as medidas que se dispusera a fazer para angariar fundos contra a peste. Sempre com o apoio notívago de deputados e senadores, as reformas engoliram todas as fichas políticas que restavam no bolso do Presidente. Os protestos eram frequentes em todo o Brasil, a insatisfação só crescia em direção às medidas de Vlad.

Os economistas calcularam que as pesquisas sairiam mais caras do que o prejuízo da extinção das batatas. Eu tentava manter a calma. Afinal, esse dinheiro era um investimento necessário para a descoberta da cura. O que me tranquilizava era que a própria economia, informal e livre como deve ser, tratou de balançar sua mão invisível e ventilar novas oportunidades.

Uma nova profissão surgiu, a de coletor de sal. Em todo o Brasil, mais de três milhões de toneladas foram recolhidas, o que fez os preços se esfacelarem, mais uma singularidade econômica, reflexo da peste. No Vale, foram retiradas 108 mil toneladas, o que não fez desaparecer o cheiro de maresia. Os cristais entraram nas frestas, debaixo da terra, dentro de cada um de nós. A venda de defensivos agrícolas cresceu – afinal, depois de limpar o sal, é hora de devolver ao solo as propriedades físico-químicas necessárias para a fertilidade.

No dia seguinte ao assassinato, acordei para o enterro de Agenor. Na cerimônia, encontrei Mara, que usava um vestido preto, deixando de fora seus bíceps saltados pelo *crossfit*.

“Imagino que você não esteja aqui pelo Agenor”, eu lhe disse.

“Não conheço o falecido, mas trouxe uma grande coroa de flores em nome do Presidente e do Ministro Bagos.”

“O Ministro virá hoje para a inauguração?”

“Não, ele ficou bastante incomodado com o adiamento. Não conseguiu adequar sua agenda e me mandou aqui como representante.” Ela estava mais séria, de óculos escuros, talvez pela tristeza do momento, talvez porque não tivesse mesmo motivos para sorrir.

“Eu vou sair daqui e vou direto para o CEAES. Vou guiar três turmas e, de noite, embarco para as pesquisas em alto-mar”, eu disse.

Não pudemos conversar mais, o barulho do caixão sendo fechado e o silêncio subsequente nos indicava que o enterro estava para começar. Agenor foi enterrado no próprio quintal, debaixo de uma terra tão salgada e seca que até os vermes teriam receio de se fartar. O assassinato foi um grande baque para todos, semeando frustração e desesperança.

22 CAP.

"Senhores, esse sítio que escolhemos como nossa área de testes é perfeito. Fica perto do *campus*, suas terras são amostras de todo o país." Estava no ônibus que fazia o translado entre a Universidade e o sítio. À minha frente, um grupo de 40 e poucas pessoas, cientistas e jornalistas de diversos países e culturas, com celulares apontados para a paisagem monótona do Vale.

A equipe estava curiosa, e não à toa. Tínhamos à nossa disposição equipamentos de primeiro mundo, importados a toque de caixa pelo Porto de Santos, com o próprio Presidente cuidando das burocracias aduaneiras. No microfone do ônibus, minha voz saía metalizada e estridente.

"Nós construímos cinco galpões de pesquisas com mais de 1.700 m^2, cada um com 192 espaços de 4m^2 reservados e isolados para pesquisa, chamados simplesmente de quadrados. Além disso, temos na estrutura uma ampla sala para os pesquisadores, estacionamento para carros e um heliporto."

Todos olhavam espantados a grandiosidade do projeto, o que me empolgou. "Ao todo, o Centro de Estudos Avançados Esteves Salgado tem mais de 10 mil metros quadrados, com certeza teremos muito o que trabalhar aqui. Alguém tem alguma pergunta?"

Um sujeito de chapéu de safari e pele extremamente branca levantou a mão. Era Leslie Arzt, infectologista. "Olha, não quero dizer nada, mas esse ônibus balança demais. Eu tenho labirintite, não quero desmaiar todo dia. É possível criar uma linha especial?"

"Dr. Arzt, não podemos fazer nada a esse respeito. Tente fechar os olhos."

Pouco depois, estávamos entrando no sítio. Passamos a porteira central, descemos o terreno e viramos na segunda entrada à direita, no estacionamento. O contraste entre o ar-condicionado interno e o ar seco e quente do exterior foi sentido por todos.

De onde estávamos, era possível ver no heliporto o H-36 Caracal, helicóptero da Força Aérea Brasileira que me levaria ao navio no final do dia. Conduzi todos até o eixo central do sítio para entrarmos no primeiro galpão, a Área Patológica. Era uma enorme tenda, com estrutura metálica protegida por lona no teto e nos lados. O cenário interno era de uma terra limpa do sal e intacta.

Ajustei meu microfone de rosto, que transmitiria minhas palavras para os fones de ouvido distribuídos. Os estrangeiros tinham à sua disposição tradução simultânea para o inglês. "Aqui, vamos conduzir testes sobre várias doenças causadas por fungos, bactérias, vírus e nematoides, sob a liderança do dr. Arzt", eu disse.

"Dr. Jameson, você esqueceu de comentar sobre nossos estudos com oomicetos, como o responsável pela *potato blight*, que aqui vocês chamam de requeima." Era o próprio dr. Arzt. De pé, ostentava uma barriga gorda e protuberante, vestia-se como um aventureiro, com direito a calças de trilha e botas reforçadas.

Continuamos nossa caminhada, estávamos no aproximando da entrada do sítio. À nossa esquerda, a Área das Daninhas, na qual estudaríamos outras culturas que poderiam ter roubado água, luz e nutrientes das batatas, causando efeitos alelopáticos adversos. Anunciei que o líder seria Pedro Mourão, agrônomo e professor renomado que apenas levantou a mão.

Minutos depois, nos dirigimos à Área Botânica, do outro lado do sítio, espelhada com o primeiro galpão. "Aqui faremos as plantações controladas. Compramos sementes de várias culturas, bem como brotos e pés mais desenvolvidos."

Uma mulher magra, morena e de lábios carnudos, ergueu o braço fino e pediu a palavra. Seu nome era Paola, uma bióloga peruana. "Inclusive, teremos a ajuda de comunidades de insetos, que ajudarão no desenvolvimento das plantações, como vagalumes e abelhas africanas. Vou aplicar um método que desenvolvi quando fui pesquisadora do INPA. *¡Aquí hacemos ciencia de verdad!*"

Todos aplaudiram. A Área Botânica era nossa principal esperança. Foi então que ouvimos um grito próximo da entrada do sítio, de um homem correndo em nossa direção.

23 CAP.

Pela altura e pela fita indígena a rodear os cabelos, percebi quem era. Ele assobiava e gritava "Calcutá!" enquanto escaneava o sítio com os olhos. Percebendo uma aglomeração atípica de pessoas, aproximou-se de nós. "O Calcutá pulou o muro pra correr atrás de um gato. Ele fugiu pra cá!"

"Olha, eu não queria falar nada, mas é proibido pelo regimento internacional a presença de galos e demais animais em laboratórios científicos", salientou Dr. Arzt, cuja voz boçal começava a me incomodar profundamente.

Omar e Índio foram procurar a ave, enquanto eu e minha equipe paramos em frente à Área das Pragas, dedicada ao estudo de todos os insetos danosos que poderiam se hospedar e destruir as plantações. A líder do galpão era a entomologista Vera Paixão que, desiludida após o incêndio no Museu Nacional, que destruíra 40 anos de catalogação de insetos tropicais, juntou-se à minha Comissão.

Finalmente, chegamos ao quinto galpão, a Área Fisiológica, destinada ao estudo do estresse causado nas plantas por influência do solo e do meio ambiente. Seu líder era o agrônomo e permacultor Edilson Calazans. Cruzamos o eixo central e entramos na Sala dos Pesquisadores.

"Essa é nossa base. Aqui ficam as salas de reunião, vestiários, dormitórios, banheiros, estoque, locais de alimentação e convivência. Isso para garantir a nossa saúde mental."

Todos se animaram ao encontrar um *coffee break* e atacaram a comida. Por sugestão minha, servimos água de coco gelada, direto dos frutos, o que enlouquecia os estrangeiros. Senti confiança de que aquelas experiências pudessem curar a peste, descobrir qual estirpe estava causando a catástrofe. O moral da equipe também estava melhor, afinal, antes de se acostumarem com os sumiços, já não havia batatas para sumir.

Como Presidente da Comissão, tinha a oportunidade de entrar para a história, escrever meu nome ao lado de Lavoisier, Pauling e Crick. Poderia ganhar uma condecoração, uma medalha, quiçá o primeiro brasileiro a receber um Nobel. Tinha certeza de que faria história.

Meu delírio de sucesso foi quebrado quando Omar me chamou na porta do galpão e me apontou uma movimentação estranha ao longe. Era Calcutá, o galo fujão, a ciscar tranquilamente no quadrado 108 da Área Botânica. Índio e Omar fizeram um cerco e eu fiquei na retaguarda, não estava acostumado a lidar com galos de briga. Cautelosamente, fomos nos aproximando e o bicho reagiu. Calcutá ergueu o papo, abriu as asas e a cloaca, defecando um líquido branco e viscoso.

Furioso com a afronta, num assalto de valentia e impaciência, Omar avançou e o agarrou pelo pescoço. Imediatamente, o animal travou seu bico no braço do agricultor, que gritou de dor. "Bicada forte da porra!" O sangue escorria e penetrava na terra enquanto Índio conseguiu conter sua criatura.

Tentei levar o agricultor ao ambulatório, mas ele recusou, preferiu se cuidar com Rosa. Índio foi embora e eu voltei à Sala dos Pesquisadores para encerrar aquele *tour* e comer pães de queijo.

Ao longo do dia, repeti a visitação com mais duas turmas de cientistas e jornalistas. Quando o sol de pôs e o último ônibus partiu, minha voz estava em frangalhos, meus joelhos doíam e meu estômago estava cheio após dezenas de pães de queijo e uns três litros de água de coco.

Eu e Mara fomos ao heliporto e embarcamos no H-36 Caracal, versão operacional, todo pintado em padrões militares e que poderia ser reabastecido em pleno voo. Era uma aeronave muito grande, cabiam 27 pessoas, mas só nós dois éramos os passageiros. O voo foi rápido, chegamos ao Porta-Helicópteros Atlântico por volta das vinte horas.

24 CAP.

Fomos recepcionados por um sujeito muito alto e magro, camisa e calça brancas. Parecia um médico civil, mas com a insígnia militar na manga, um quadrante de círculo cinza, com os eixos e o símbolo da Marinha dourados. "Sejam bem-vindos, sou o Marinheiro Pimenta e vou lhes encaminhar ao dormitório."

Caminhamos no navio por quase 10 minutos, entrando e saindo de corredores e escotilhas, até chegarmos ao meu cubículo, com uma escrivaninha pequena, armários e colchão fino em cima de molas. Ao lado da porta, um espelho e uma pia para a higiene pessoal. Pimenta me acomodou e se afastou.

"Você vai dormir comigo?", perguntei a Mara com malícia.

"Nem morta eu fico nesse navio junto com outros 300 homens! Eu volto no domingo para lhe buscar."

Eles foram embora e eu me deitei. Acordei com o interfone tocando ao lado de minha orelha. Atendi no susto, era Marinheiro Pimenta, com quem fui me encontrar em poucos minutos. Quando dei por mim, estávamos novamente caminhando por infinitos corredores, todos claustrofóbicos e cheios de tubos. A diferença era o chão, que balançava constantemente.

Ele me deixou em frente a uma sala acarpetada com uma grande mesa retangular e quadros de temas náuticos. Não havia janelas, só luz artificial iluminava talheres da mais fina prataria, porcelanas nobres e taças de cristal. O café da manhã dos oficiais estava servido, tudo muito elegante. Na ponta da mesa, um homem de trajes militares, brancos, novos e engomados. Tinha cabelos ralos e grisalhos, nariz comprido e olhos vivazes, azuis da cor do mar.

"Doutor Jameson, quero lhe apresentar o Oficial Superior, Capitão de Mar e Guerra, Fiorani Golvea", disse Marinheiro Pimenta antes de se retirar.

Sentamos à mesa e o Capitão se mostrou muito simpático e atencioso. Pude reparar em sua insígnia, com quatro listras douradas, o símbolo da Marinha e, ao centro e em destaque, um caduceu sem asas.

"Você deve ser uma pessoa muito importante, doutor."

"Que é isso, eu sou só um cientista, não sou vaidoso."

Hipócrita.

"Mas não qualquer cientista. Esta é a primeira missão deste porta-helicópteros sob nossa bandeira."

"É uma honra, Capitão."

De tanta fome, eu só tinha atenção ao *buffet*. Servi-me de frios, frutas variadas e muitos pães franceses, integrais, de linhaça, de centeio, de aveia, de milho, croissants e os tradicionais de queijo.

"Doutor, conte-me sobre sua pesquisa."

"Basicamente, trouxe a bordo um microdensímetro digital, uma caixa que consegue medir a densidade dos órgãos das células. Quando os estatocitos da batata ficam com a mesma densidade do citosol, líquido que os circunda, ocorre um colapso molecular, o que explica os sumiços. Eu preciso provar empiricamente esse fenômeno."

"Que a pesquisa seja um sucesso!"

Terminamos nosso desjejum e voltamos a andar por um emaranhado de corredores estreitos, passamos até por uma capela ecumênica.

Subimos uma série de escadas de esguio diâmetro, até que avistei uma fresta de luz. Saímos ao céu aberto, num pequeno terraço de uma torre de comando.

“Bem-vindo ao mar”, disse-me o Capitão.

No primeiro momento, meus olhos doeram de tanta luz. Minha retina foi se contraindo até que pude ver que estávamos no lugar mais alto do Atlântico. O visual era incrível, via a imensidão azul a refletir o céu. Estávamos muitos quilômetros além da área da peste, sem nenhuma porção de terra à vista. Do alto do terraço, o navio balançava ainda mais e comecei a enjoar. Abaixo da torre havia uma enorme pista com marcações para pousos. De onde estávamos até a proa, descia um chamativo varal com bandeiras náuticas.

“O Atlântico tem 203 metros de comprimento, é capaz de transportar 18 aeronaves. Sob controle de outros países, participou do atendimento a vítimas de furacões na América Central, de operações militares em Serra Leoa e até na invasão do Iraque em 2003. Você não gostaria de ter a Marinha Brasileira como inimiga, doutor. Só nesta embarcação, temos três multicanhões Phalanx CIWS, quatro canhões de 30 mm DS30M Mk2, quatro Miniguns e oito metralhadoras GPMG. Somos capazes de invadir qualquer território com mais dc 800 fuzileiros navais e de derrubar qualquer aeronave do mundo.”

“Ótimo, talvez vamos precisar derrubar aquela”, apontei para um ponto preto que se aproximava em nossa frente.

“Não estamos em guerra. Aquela aeronave trará algo muito valioso. Enquanto ela não pousa, quero lhe falar algo.” Ele se aproximou de mim como quem está a confidenciar. “Nós compramos o Atlântico há poucos meses, eu fiz treinamentos na Marinha Britânica, o Governo me deu tudo que precisei. Chegou a hora de mostrar meu trabalho, e o meu sucesso é o seu sucesso. Se o doutor for condecorado, eu também serei. Agora, se o doutor falhar... Compreende?”

"Vou repetir a promessa que fiz ao nosso Presidente de encontrar a cura da peste. Tenho plena capacidade para cumprir a missão."

"Não tenho dúvidas da sua capacidade, mas um detalhe me chamou a atenção. Ontem, assisti a um documentário na TV sobre suas teorias. Eles disseram que a batata se transforma em açúcar. Por que, na realidade, elas estão virando sal?"

Não soube responder aquela pergunta de filho da puta. Vendo meu silêncio, o Capitão virou-se para a aeronave se aproximando. O barulho foi aumentando, colocamos óculos e grandes protetores auriculares. Em pouco tempo, houve uma movimentação, um homem a agitar placas e o helicóptero pousou. Meu estômago já estava revirado, querendo explodir.

Descemos para cumprimentar o piloto. De macacão militar, mostrou a parte traseira da aeronave, um compartimento com várias caixas de madeira lacradas e esterilizadas. Abri uma delas e dentro havia um enorme saco plástico. O piloto o pegou, rasgou-o e despejou o conteúdo no chão. De súbito, todos nos impressionamos: não estávamos mais acostumados a ver aquela quantidade de batata junta, todas amarelas e cheias de vigor.

Eu não aguentei tamanha emoção e, com o estômago combalido, vomitei na joia da Marinha Brasileira todo o quimo formado por pães franceses, integrais, de linhaça, de centeio, de aveia, de milho, croissants e os tradicionais de queijo.

25 CAP.

Alheio ao que se passava no além-mar, Omar foi ao Banco do Brasil verificar seu financiamento. Fátima estava de licença, e o agricultor foi atendido por um jovem de terno e gravata impecáveis, que contrastava com seu cabelo desgrenhado. A gola da camisa ficava larga em seu pescoço fino, imberbe e branco. Suas bochechas estavam avermelhadas, não estavam acostumadas à vida no Vale.

"Eugênio Pacna, muito prazer."

"Quando a Fátima volta?", Omar perguntou com certo desdém.

"Hoje é meu primeiro dia, eu trabalho mesmo na Faria Lima, estou aqui temporariamente. Não conheço essa Fátima."

"Dr. Eugênio, eu vim receber meu Pronaf."

O gerente interino solicitou documentos e, após alguns cliques, o sistema informou NÃO CONTEMPLADO.

"Que merda!", gritou Omar. "Mas eu assinei o contrato, porra..."

"Sr. Salgado, o senhor realmente achou que o governo cumpriria esse contrato?"

"Isso é verdade, vai tudo pro bolso desses caras."

"Isso mesmo. Sabe por que o senhor não tem dinheiro para financiar sua safra? Você paga o luxo dos políticos!"

"Exatamente, dr. Eugênio." Omar se sentiu compreendido. Apesar de achar difícil confiar num sujeito estranho e antipático, eles compartilhavam do mesmo sentimento de estarem sendo roubados pelo estado.

Ou quase isso.

"O governo prometeu 31 bilhões de Pronaf até 2019. Cada cidadão brasileiro será roubado em quase 150 reais através dos impostos imorais que somos obrigados a pagar."

"Sem esse dinheiro, começo a dever já no mês que vem. Eu plantava batata, vou ter que plantar outra coisa. Só preciso de dinheiro pra comprar as sementes."

A resposta abriu o sorriso do gerente, que ergueu os olhos e agitou-se. "A batata de sua propriedade privada é um símbolo do anarcocapitalismo, adapta-se naturalmente em qualquer lugar."

"Menos aqui no Brasil", salientou o cético agricultor.

"Você sabia que é possível medir o nível de liberdade econômica de um país pela facilidade com que se planta batatas? O lugar com menos restrições ao livre-comércio de batata é a Suíça."

"Suíça? Mas lá é frio pra caramba!"

"Os suíços inventaram a batata *rosti*, foram inovadores. Eles têm armas para se protegerem e liberdade para fazer de cada tubérculo uma obra de arte."

"Deixa a Suíça pra lá, aqui a situação tá russa. Eu só sei que fiquei sem dinheiro e sem batata, tô fodido." Omar abaixou a cabeça, encarando suas botas sujas de terra e pensando em como sustentar sua família. "Você sabe quando sai a primeira parcela do Bolsa Batata?"

"O Bolsa Batata ainda nem saiu do papel. Seu eu fosse você, não contaria com isso." Eugênio respirava fundo e olhava seu cliente com certa ternura, ciente de estar diante de uma vítima do estado controlador. Pensou que acender uma efêmera luz no fim daquele túnel seria um gesto humanitário.

"Confesso que fiquei sensibilizado com sua situação, Omar. Você é um indivíduo livre e injustiçado, ceifado de seus direitos naturais. Quero lhe dar novamente os 150 reais prometidos em meu nome."

"Eu não pedi nenhum empréstimo, pare de me empurrar produtos que não quero", retrucou Omar.

"Não é isso, vou lhe dar de forma voluntária. Luto por um ideal."

"Sendo assim, muito obrigado", disse Omar, esfregando as mãos e salivando pela gentileza de Eugênio.

O gerente sacou seu celular e começou a digitar freneticamente. Impaciente, ora reclamava do sinal da internet, ora olhava seu relógio de pulso, muito maior e mais robusto do que seu braço raquítico e pálido poderia aguentar. Até que terminou a operação e colocou o aparelho de lado.

"Você depositou o dinheiro na minha conta?", perguntou Omar.

"Não, criei uma carteira de *bitcoins* para você. Mandei imprimir todos os dados, sugiro você mudar a senha no primeiro acesso."

"Não precisa, quero sacar agora, em dinheiro vivo, por favor."

"Não dá para sacar em cédulas, o *bitcoin* é um dinheiro virtual, descentralizado e livre dos bancos."

"E onde eu guardo esse trem?"

"Ele não existe fisicamente, fica armazenado nas nuvens, embora você também possa salvá-lo em um *pen-drive*."

"O que é um *pen-drive*?"

"É como se fosse um disquete, só que bem menor e com mais capacidade de guardar dados. É muito útil, você carrega muita informação no próprio bolso."

"Deixa ver se entendi." Omar cofiou seu ralo bigode e se aproximou mais do balcão. "Se eu esquecer esse dinheiro no bolso e minha mulher lavar minha calça, a nota vai estragar?"

"Não se trata de papel, senhor..." O jovem parecia irritado. "Mesmo assim, molhar o *pen-drive* pode danificar suas moedas."

"Olha, tô achando isso muito esquisito. De toda forma, quanto você depositou pra mim?"

"Eu depositei 0,005 *bitcoin*."

"Só isso?!", Omar também se irritou. "Você tá de brincadeira, isso não compra nem um cafezinho na padaria. Aonde eu posso gastar o tal do *bitcoin*?"

"Poucos lugares aceitam essa moeda, a maioria fica no exterior. Aqui no Brasil, seu uso é majoritariamente especulativo, como numa bolsa de valores."

"Eu posso perder esse dinheiro de uma hora pra outra?"

"Perder não, o dinheiro pode se desvalorizar."

Omar respirou fundo e olhou diretamente nos olhos de Eugênio Pacna.

"Você tá se achando o bonzão porque tá me dando um dinheiro que não existe, que pode perder o valor a qualquer hora, que estraga quando molha e que não dá pra usar em lugar nenhum?"

"Sim."

"Então vai pra puta que o pariu!"

Omar ergueu a mão e virou as costas, voltando ao sítio depois de mais um fracasso em receber o financiamento e a esmola virtual. Estava com raiva e pessimista, não quis almoçar. Era o terceiro dia que passava à base de café e banana, estava mais magro e com olheiras.

"Amor, tu tem que comer, saco vazio não para em pé", disse Rosa. "Eu já te falei, homem. A gente pode trabalhar em outra coisa, lembrando que ainda tem a grana do arrendamento."

"É capaz desse dinheiro também não sair."

"Filho, o importante é ter fé em Deus e arregaçar as mangas", aconselhou sua mãe. "Mas se você não comer direito não vai levantar uma saca murcha."

"Você tem que descansar, se distrair, pensar em alguma coisa diferente", acrescentou Rosa.

"O que eu posso fazer de diferente?"

"Sei lá, a gente podia sair pra comer, dá pra guardar um dinheirinho, ou pra dançar, faz anos que eu não danço na boate, desde que engravidei da Mafê."

"Eu não sei dançar. Se um dia você me ver dançando, pode ter certeza que eu vou tá ficando louco."

26 CAP.

"Toma, doutor, é um concentrado de prometazina, tiro e queda."

"Espero que você esteja certo, Pimenta."

Estávamos na enfermaria, um lugar muito mais bem equipado do que os hospitais públicos. A pastilha era rosa, grande, parecia uma hóstia infantil. Coloquei uma na boca e engoli.

"Não sabia que a cinetose era tão cruel", disse.

"Não sei disso não, mas a prometazina cura o enjoo do mar."

De fato, após 10 minutos já me sentia melhor e mais disposto. Fomos até o enorme compartimento de cargas, com espaço para 40 *jeeps* e capacidade para mais de 21 mil toneladas. Uma enorme bandeira brasileira estava exposta numa parede. Era difícil imaginar que estávamos em alto-mar sob aquela estrutura.

Num contêiner, fiz o *unboxing* de meu microdensímetro digital, que parecia mais um micro-ondas. Depois do almoço, juntou-se a mim Pimenta e um Capitão de Fragata, cujo nome me esqueci. Carregamos o material a bombordo, até a lancha de desembarque anfíbio, comprida e camuflada. O Capitão entrou na cabine, ligou o motor e nos afastamos alguns quilômetros. Consegui ver o tamanho gigantesco do Atlântico, com o código A140 em destaque.

"Marinheiro Pimenta, não me leve a mal, mas voltei a enjoar. O que não me caiu bem foi seu alimento homônimo."

"Não foi isso, deve ter sido a pimenta do frango", respondeu. "Mas fique tranquilo, trouxe umas prometazinas pra nós."

Após tomar a pastilha, chegamos ao nosso destino. Estávamos a pouco mais de 321,87 km da costa, 200 milhas náuticas. Esse é o limite legal da soberania brasileira sobre os recursos vivos ou mortos, chamado de Zona Econômica Exclusiva, ZEE. Abri a porta do densímetro e inseri três quilos de batatas.

Liguei a máquina e vi a massa total, com densidades do estatocito e do citosol em, respectivamente, 1,20315 e 1,11926 g/ml. Uma diferença sutil, porém fundamental para o gravitropismo. Fiz o sinal para o Capitão da Fragata e começamos a nos mover.

Paramos dentro da ZEE observando os números no visor digital. Minutos depois, os primeiros sinais de sal apareceram. Pela porta transparente do densímetro, vi e anotei os momentos em que cada batata se transformava em sal. Escrever me fez enjoar e pedi mais comprimidos mágicos. Após quatro horas, a última batata se transformou em sal, com o densímetro indicado a mesma massa, mas com densidades zeradas. Isso acionou um som agudo e monotônico, indicando a morte dos tubérculos. Fiquei intrigado, pensei em alguns ajustes necessários e quis repetir o experimento.

Essa foi minha rotina ao longo dos quatro dias seguintes: acordava, tomava minhas pílulas e me dirigia ao mar com meus dois colegas. No começo, ficávamos num movimento frenético de ida e volta. Depois, passamos a percorrer toda a costa, incluindo os arquipélagos do Nordeste e as Ilhas de Trindade e Martin Vaz.

Testamos vários cultivares diferentes de batatas, importamos o tubérculo de todos os locais do mundo, ansiávamos por encontrar uma mutação genética, uma resistência especial à peste que nos levasse à cura.

Depois de 25 quilos de batatas e quatro caixas de prometazina, constatei que o sumiço não deixava vestígios de DNA ou outras substâncias senão o cloreto de sódio.

No domingo, quando escrevia meu relatório, marinheiro Pimenta fez questão de me agradecer pela oportunidade de participar da missão. "Você sempre esteve ao meu lado, mesmo nos momentos mais indigestos. Falarei muito bem de seus méritos nos livros de história", eu disse.

"Foi uma honra", e prestou-me a continência militar.

Retribui-lhe com um abraço civil. "Agradeça também o Capitão de Fragata."

Qual era mesmo o nome daquele cara?

Pimenta me levou até a sala do Capitão Golvea, minha última caminhada naqueles corredores cheios de tubos com o chão a balançar. O oficial estava sentado à mesa, mas não havia *buffet* servido.

"Quais resultados o doutor trouxe à ciência?"

"Capitão, fizemos grandes avanços em relação à cura da peste. Descobrimos que as batatas estrangeiras, quando entram no país, viram pó em até quatro horas, incluindo sementes e flores. Além disso, mapeamos a fronteira da peste, que é a nossa Zona Econômica Exclusiva, conforme eu imaginara."

"Conseguiu detectar alguma mudança nas densidades?"

"Nada, Capitão. Mas ainda temos bastante pesquisa em terra."

"Estimo mais sucesso em seus trabalhos vindouros."

Eu dei um sorriso amarelo e prestei-lhe a continência militar. Ele estendeu a mão e nos cumprimentamos protocolarmente. Perguntou-me se havia algo mais que a Marinha Brasileira pudesse fazer por mim.

"Capitão, eu agradeceria se pudesse levar umas prometazinas para a volta no helicóptero", respondi.

27 CAP.

Naquela madrugada, Omar acordou com um barulho seco em sua janela. Ainda na cama, olhou pelas frestas da veneziana e encontrou dois pontos luminosos verdes que pareciam encará-lo. Abriu a janela, viu que aquele olhar se afastara e o apanhador de sonhos se mexia. Sentiu que devia averiguar, uma vez que seus últimos dias haviam sido tão surreais que não duvidava de mais nada. Seguiu em direção à criatura que, em profundo silêncio, se distanciava conforme o avanço de Omar, tal qual a coruja-orelhuda. Caminharam até se aproximar da entrada do sítio. Como não tinha pedras à disposição, tomou uma estratégia diferente.

"AAHHH!"

Instantaneamente após o grito, os olhos começaram a se agitar e tremer, algo assustador. A criatura começou a emitir um som de guizo, agudo, estridente e frenético, fazendo os tímpanos de Omar doerem. Ele ficou estático, até que ouviu outro grito por trás.

"*¡Que infierno!*"

A cada noite, dois membros da equipe se revezavam na madrugada para fazer registros e ficar de prontidão para eventuais emergências.

Passava do quinto dia das experiências *in loco* e chegou a vez de Paola madrugar. Acostumada a dormir com o barulho dos carros de Lima, estranhou o silêncio perturbador do interior brasileiro.

Quando finalmente pegou no sono, ouviu o grito esgoelado do agricultor e foi ver o que acontecia. Desde que chegara ao Vale, ela não havia encontrado nada que fizesse lógica. No começo, até que gostou do caos, mas depois do assassinato passou a ficar apreensiva.

"*Luciérnagas*", disse quando chegou perto de Omar. "Você deveria estar acostumado por morar aqui."

Já retirado da bolha do medo e com retinas acostumadas ao escuro, Omar forçou a vista e percebeu que aquele olhar não passava de dois vagalumes a pregar uma peça.

"Com quem você está conversando, Omar Salgado?" Era Rosa, que se aproximava de robe comprido e pantufas. Não parecia muito animada depois de seguir seu marido, que pulara a janela e estava conversando com uma mulher bem mais nova.

"Ela é a Paola, uma cientista. Viemos parar aqui por causa dos vagalumes", respondeu Omar, abraçando a esposa.

"Imagino que vocês daqui estejam desesperados. Esses sumiços nos lembram de aproveitar cada momento da vida, não esperar o amanhã", disse Paola.

A cientista reparou que uma luz verde irradiava na Área Botânica. Eles foram até o galpão e encontraram milhares de vagalumes machos voando. No trabalho de chamar a atenção, cantavam seu coro agudo enquanto rodopiavam freneticamente. De tempos em tempos, realizavam um voo rasante até o chão, ao redor de um quadrado em que as vagalumes fêmeas formavam uma moldura brilhante, esperando que um macho as fecundasse.

O espetáculo era magnífico, os insetos faziam uma coreografia de pontos verdes na escuridão. Paola sentiu-se agraciada. Tomada pela energia dos gritos sexuais, foi para o meio do enxame. Queria estar imersa naquele evento, parecia o conto de fadas que imaginara na infância, deitada na cama, a sonhar sobre ser cientista. Divertindo-se com o inusitado, ela ria, dançava e purgava parte das incertezas acumuladas desde que chegara ao Brasil.

Omar e Rosa observavam tudo do lado de fora, sem entender muito. Paola não os deixou sós no canto e, para grande espanto, convidou-os a rodar. Meio sem jeito, o casal de agricultores foi se aproximando, sem preocupação com as abelhas, perigosas para Omar. Deixaram-se hipnotizar pelo guizo estridente dos vagalumes a acasalar. Em pouco tempo, o casal dançava livremente, de olhos fechados e rostos colados. Não mais escutavam os vagalumes, não mais pensavam no dinheiro, apenas rodavam. E foram tantos giros soltos, tantos desenvoltos, como não se davam mais, como numa epifania carioca ou num conto de Raymond Carver.

Então, fez-se luz. Os dois pararam e viram na entrada da Botânica o outro madrugador, dr. Leslie Arzt. "O dr. Jameson não vai gostar de saber sobre isso aqui."

Com a retina mais contraída, Paola percebeu que a luz clara quase ofuscava os vagalumes, mas revelava o conteúdo do quadrado em que dançavam. Era um pequeno tubérculo brotando.

"É o quadrado do meu sangue!", exclamou Omar.

28 CAP.

Fazia três dias que a semente fora plantada, a muda estava num estágio avançado de desenvolvimento, dado o pouco tempo. Mas ela existia, enfim, verdinha, frágil e contorcida. Era segunda-feira de manhã, dia dos líderes apresentarem os resultados finais das pesquisas.

Eu estava acometido pelo mal do desembarque, sentia o balançar do navio mesmo em terra. Era a demora do sistema gravitoceptor humano em se readaptar ao solo fixo e manter o equilíbrio a contento. O resultado foi que o chão parecia se mover, deixando-me nauseado muitas horas depois de ter desembarcado. Sentia-me como uma batata, incapaz de estabelecer um centro de gravidade que me mantivesse na postura ereta. A cura para a peste ainda estava a ser descoberta, mas, para o meu enjoo pós-navio, eu já tinha a solução: duas doses de prometazina.

Ao lado do quadrado 108, Omar se jactava. "Foi meu sangue que fez brotar essa batata!" Sua alegria momentânea não escondia os sinais corporais do caos em sua existência. Ele não estava bem, emagrecera, pouco saía de casa, vivia entre dormir e cuidar do Santana. Estava muito abalado com a morte de Agenor, com os sumiços, com o país. Nem mesmo um séquito de cientistas no seu quintal foi o suficiente para tirá-lo da inércia depressiva.

Paola estava mais animada, contava sua epopeia noturna a cada novo membro da equipe. Eu ainda estava cético, tentava controlar a excitação e pensar racionalmente. De todos os quadrados destinados às plantações, aquele fora o único que germinara. Mesmo assim, não havia nenhuma relação causal entre o sangue de Omar e o nascimento da planta.

Aquele broto poderia representar o sucesso da Comissão e decretar minha entrada no livro dos cânones. Visualmente, ainda não era possível definir a espécie, mas seu DNA já poderia ser estudado com microscópios. Retirei uma amostra e pedi que fosse analisada na Universidade. Até o final do dia teríamos a confirmação de minha sorte.

Para a apresentação dos resultados, agendara uma reunião com os cinco Líderes de Pesquisa. Entramos num cômodo reservado na Sala dos Pesquisadores e logo vi uma mesa pequena demais para um público tão vanguardista. Pedi a uma auxiliar que comprasse um móvel mais imponente e austero, à altura da equipe e de seu Capitão.

Paola sentou à minha direita, com uma saia na altura dos joelhos que deixavam expostas as pernas finas, rijas e brilhantes como louça. Depois vinha o Engenheiro Edilson, com sua camisa de flanela vermelha, calça *jeans* e chapéu de palha, fazendo o tipo caipira. Ao lado dele estava dr. Arzt, estranhamente calado naquela manhã. Depois, a dra. Vera Paixão. Finalmente, à minha esquerda, o careca Prof. Pedro Mourão, que vestia uma camiseta preta.

"Prof. Mourão, o que o senhor e sua equipe descobriram?"

"Nesses primeiros vinte dias de Comissão, podemos afirmar com certeza que não há catalogada nos anais científicos nenhuma espécie de planta que poderia interferir nas batatas de modo a torná-las sal."

"Posso concluir que sua presença não é mais necessária?", provoquei.

"Não é bem assim", e me passou seus relatórios impressos.

Ficamos um tempo a discuti-los, mas o resultado de suas pesquisas se resumia a afirmar que nenhuma planta daninha era a responsável pela peste. Um avanço quase insignificante que, ao menos, descarta uma hipótese.

"Permita-me salientar que o companheiro Prof. Mourão enfrenta o mesmo problema que todos nós", disse Eng. Edilson. "A verdadeira peste é a monocultura de plantas e de ideias."

"A monocultura existe em todo o mundo, mas as batatas só viram sal em nosso quintal", respondi. "Espere chegar sua vez de falar, quero agora ouvir a doutora Paixão."

Vera deu um suspiro antes de falar. "Estou tão devastada quanto nossas terras. Eu não descobri nada, não havia resquícios de nenhum pulgão, mosca-mineradora, mosca-branca, traça, lagarta-rosa, burrinho, vaquinha ou cigarrinha."

"A senhora fez testes em relação a alguma praga exótica ou incomum em batatas?"

"Eu fiz tudo o que estava a meu alcance. Se eu ainda tivesse meus insetos para estudar, poderia ter obtido um resultado mais interessante. Mas o fogo transformou tudo que nós tínhamos em cinzas, tal qual essa peste faz com as batatas. Devo estar muito velha para a ciência."

O meio-dia se distanciava e aproveitamos para almoçar. Comi com pressa 40 centímetros de um sanduíche de metro que sobrara. Estava ansioso, ainda não havia saído o resultado dos testes de DNA. De volta à reunião, era o momento de dr. Arzt.

"Meus resultados ainda são inconclusivos", disse. "Só posso garantir que procuramos vestígios de várias espécies patológicas comuns ao cultivar, como *Crinivirus* e o *Polerovirus*, o *Helminthosporium solani*, a *Alternaria grandis* e os fungos amorfos *Fusarium spp.*"

"Dr. Arzt, eu repito o que perguntei ao prof. Mourão. Se você não descobriu nada, sua presença aqui se faz necessária?"

"Com certeza. Com todo o respeito, sou o mais brilhante cientista daqui."

Todos torceram o nariz para a soberba de dr. Arzt, mas eu não deixei o clima pesar. Rapidamente pedi que eng. Edilson me falasse de seus resultados na Área Fisiológica.

"Veja, dr. Jameson, eu descobri que a peste não está associada à fitotoxidade, ao vitiligo, à lenticelose, aos corações oco e preto, à rachadura e à unhadura. Tampouco é consequência do esverdeamento, do embonecamento, da gelatinização e da mancha-ferruginosa. Entretanto, sei com certeza a solução para nossos problemas."

"Engenheiro, não vá me dizer que a solução para a peste é a permacultura."

"Não é a solução para a peste, mas para a humanidade. Essa Comissão é uma importante ferramenta para retomarmos no Brasil a harmonia com o bioma em que vivemos, pensar nas lateralidades e no equilíbrio dinâmico de várias formas de vida."

"Engenheiro, estamos aqui para curar a peste, não para salvar o mundo. O que eu posso entender de suas pesquisas é que elas não nos levaram a lugar algum."

Na reunião, faltava falar somente Paola, magrinha e de lábios carnudos. Pedi que mostrasse seus resultados, e ela relatou que quase todas as batatas-semente importadas viraram sal em até quatro horas, conforme eu também constatara. A única exceção era o broto que nascera no dia anterior. Ficamos por quase uma hora a conjecturar até que bateram em nossa porta. Eu deixei que uma assistente entrasse, trazendo champanhe, bexigas, um bolo e um envelope com o resultado do exame de DNA, que abri com ansiedade.

Daucus carota.

Uma cenoura, resultado inesperado, pois só batatas foram plantadas. Paola reagiu com surpresa, não acreditava que o único avanço verdadeiro que conseguira era um erro de trabalho. "*Una zanahoria no debería aparecer en mi investigación, mierda*", resmungou baixinho.

Olhamos uns para os outros, constrangidos. Resolvi guardar o champanhe para tomá-lo mais tarde, momento no qual afogaria minhas mágoas. Baqueado, tentei fazer um discurso animador, disse que as dificuldades eram normais, que um erro é a oportunidade de recomeçarmos mais experientes e preparados. Mas o abatimento que tomou conta da sala era flagrante. Saí da reunião desejando apenas minha cobertura. Mas tinha um compromisso obrigatório, a Missa de Sétimo Dia de Agenor.

Triste, fui até a capela e me encontrei com Omar. Como notícias ruins correm rápido, ele também estava decepcionado com o DNA, pois descobrira que seu sangue não era tão forte assim. Índio se juntou a nós e logo desvendou o mistério. “Quando o Calcutá cagou no quadrado, deve ter cagado semente de cenoura da ração que dou pra ele.”

Olhei ao redor e me vi fracassado e perdido, tão sem rumo quanto Fátima. Era minha ruptura. Impotente com a peste, chorei abraçado à viúva.

29 CAP.

“Hoje não posso mesmo, tive um péssimo dia, só quero descansar.” “Eu te faço uma massagem bem gostosa. Até já me arrumei. Estou do jeito que você gosta.”

“Você tem que entender, minha vida anda um inferno, eu tenho que dormir bem para encarar o Presidente amanhã”, e tomei mais um gole direto da garrafa.

“Só quero te lembrar de não prometer o que não pode cumprir. Você já desmarcou três vezes.”

“Eu jamais prometo o que não posso cumprir.”

“Se você quer terminar comigo, pode falar na cara, não precisa ficar inventando desculpas.”

“Eu não posso terminar o que sequer começou. Nós tivemos bons momentos, lembro com muito carinho. Somos livres, podemos repetir nossos encontros mas, no momento, meu foco está no trabalho.”

“Eu não quero olhar pra você nunca mais.”

Michele bateu o telefone na minha cara e fiquei a ver navios. Desliguei o celular, não queria que minha noite fosse interrompida novamente. Já me acostumando à náusea, tomei três prometazinas com o champanhe. Mal deu tempo de sentar em minha poltrona e a campainha tocou.

Era Paola, deliciosa, que usava um vestido preto, bem colado a seu corpo esguio, salientando seus pequenos seios diretamente sob o tecido. Suas pernas reluziam depiladas sobre saltos altos. Em seu ombro esquerdo, uma folha de coca tatuada e, em suas mãos, uma garrafa de *Pisco Porton*. "*¡Lo prometido es deuda!*"

Convidei-a para entrar e ela parecia aflita, tinha os lábios contraídos e a testa um pouco franzida.

"Doutor..."

"Por favor, estamos num ambiente mais íntimo, não precisa me chamar de doutor", interrompi para diminuir a distância entre nós. "Professor já basta."

"Professor, eu lembro o dia em que você me chamou para a Comissão. Desde então, sabe o que descobrimos? Nada. Isso me frustra muito."

"Eu confio em você, Paola. Eu li todos seus artigos sobre polinização enquanto você era pesquisadora do INPA. Você ganhou a Menção Honrosa *Warwick Estevam Kerr*, foi uma das primeiras cientistas que escolhi."

"Mas nosso conhecimento parece insuficiente para a peste."

Eu a abracei e nossos rostos se aproximaram. Passei minhas mãos em suas costas sem sutiã e ela me retribuiu com um afago na nuca. Perto de seu ouvido, falei-lhe baixinho "Einstein disse que a imaginação é mais importante do que o conhecimento."

Nos afastamos lentamente, ela sugeriu que abríssemos a garrafa que trouxera. Brindamos, fiz uma piadinha qualquer e ela deu risada, derrubando um pouco de Pisco em seu agudo queixo. Senti um intenso desejo de lambê-la antes de irmos beber em meu orquidário.

"Neste terraço eu cultivo muitos gêneros de orquídeas. Tenho a *Cattleya violacea*, cheia de vida e que floresce fácil, a *Cattleya labiata*, rainha do nordeste, as *Phalaenopsis schilleriana*, lilases e de flores bem pequenas, e as *Dendrobium*, como a *nobile*, olhos de boneca, como os seus."

A peruana deu uma risadinha e arrumou seus cabelos. Após um gole, disse “No Peru, dizemos que um homem de verdade sabe cultivar a *Fredclarkeara After Dark. ¿Tu eres capaz?*”

Com seu desafio maroto, Paola me lembrou que era uma renomada botânica. Levei-a até o final do terraço e lhe mostrei minha orquídea negra. “A cor preta foi desenvolvida pela seleção artificial. É uma espécie difícil de domar, restrita a poucos. Por isso, nos ensina duas lições.”

A peruana me olhou com curiosidade. Sob o luar, eu a conduzi para a beirada do terraço, o Vale das Batatas estava sob nossos pés, um belo cenário para conversarmos com mais intimidade.

“Em primeiro lugar, como você deve saber, não foi fácil para o ser humano criar uma orquídea assim. O processo de seleção artificial requer paciência e, principalmente, resiliência para contornar os problemas. Em segundo lugar, todo fenótipo acaba sendo o final de uma longa história, são gerações de mutações que precisam ser estudadas para encontrarmos respostas. Uma pequena mudança no DNA pode demorar a se manifestar. Quando essas mudanças aleatórias desfavorecem a adaptação ao ambiente, a espécie tende a morrer. Como de fato está acontecendo. Mas não adianta olharmos o passado. Devemos pensar sobre como estudar batatas... sem batatas.”

“Vamos estudar as não-batatas!” Ela sorriu, inclinando a cabeça para a direita. Passou a mudar seu olhar entre meus olhos e minha boca. “Para estudá-las, devemos procurar seus vestígios, seus enigmas e instintos mais profundos, aqueles que guardamos em nosso íntimo e que sempre acabam por explodir com fúria e intensidade.”

“Interessante, mas nós já estudamos esses vestígios na Área Fisiológica e não atingimos bons resultados.”

“Vai ver que a gente não encontrou o solo certo. Temos que estar abertos a novas possibilidade, novas sensações.”

Sua resposta juvenil me encheu de esperança e tesão, dei-lhe um beijo na boca e nos abraçamos. Seus lábios traziam os amargores do fracasso e do *Pisco*. Peguei-a no colo, senti seu peso mínimo e fomos para minha *king size*, onde pude sentir que os poros daquela pele, lisa como porcelana, eriçavam-se no oceano de lascívia e epiderme.

30 CAP.

"Sabe, professor, pensando na nossa conversa de ontem, sobre o solo certo e a não-batata... Acho que existe um jeito de contornarmos o problema da peste."

Emaranhados em edredons, assistíamos ao telejornal matinal. Tentava aproveitar ao máximo as últimas horas de calmaria antes de conversar com o Presidente.

"Qual?", perguntei.

"Já que não podemos estudar as batatas diretamente, porque não tentamos ensinar o solo a gestá-las e fazê-las nascer novamente?"

Achei a colocação de Paola muito pertinente, mas não tive tempo de comentar. Na TV, reconheci Elefante, que conhecera pelas câmeras de segurança. Levantei-me e fui para a sala. Queria ver a notícia numa resolução quatro vezes maior do que a Full HD.

O repórter falou que o assassino fora preso pela manhã e já estava sob custódia da Polícia Militar. Elefante estava cheio de escoriações, vários cortes no rosto, um braço quebrado e lábios mais inchados do que o normal. Em seguida, apareceu o delegado Brandão. Responsável pela prisão, estava orgulhoso e imponente perante os repórteres. De óculos escuros, disse na entrevista que Elefante pertencia a uma quadrilha especializada no golpe de vender pela internet mandiocas, como se fossem batatas, a preços exorbitantes. No final da reportagem, Brandão recebeu os cumprimentos de alguns populares. Era mais um capítulo que se encerrava no Vale.

Passei a zapear os canais e encontrei um programa fantástico, com imagens aéreas de *Machu Picchu*, relíquia da história das batatas pré-colombianas, que pude visitar quando fiz 18 anos. Enquanto relembrava minha viagem, senti-me satisfeito em ter comprado uma televisão 4k Ultra HD sem pixels brancos.

Fiquei a pensar sobre a contribuição dos grandes gênios da ciência para eu assistir àquele programa. Lembrei de gerações de heróis até chegar em *Sir* Isaac Newton, que nos abriu a visão para a óptica e provou, empiricamente, através de seu disco homônimo, que o branco é a soma de todas as cores.

Foi então que eu entendi tudo.

"Paola, Paola", voltei ao quarto para acordar minha musa inspiradora, ninfa peruana das batatas. Levei-a para a sala e sintonizei numa tela totalmente branca. "Veja essa imagem. A cor branca é a origem de todas as outras cores. Mesmo assim, não há pixels brancos em minha televisão."

"O que existem são não-pixels brancos, certo?" Paola estava entendendo meu raciocínio. Vestida com um velho moletom da *University College of Dublin*, sentou-se de pernas cruzadas em meu sofá.

"O que vemos são vestígios dos não-pixels, criados pelo correto solo chamado RGB."

"Entendi, professor. Você quer dizer que precisamos encontrar o solo ideal para visualizarmos vestígios de uma suposta não-batata e recondicioná-lo. Mas o que seria nossa não-batata?"

"Lembre-se de que a luz branca do sol dá origem a todas as outras cores..."

"A BATATA-SEMENTE", falamos em uníssimo.

EUREKA!

"Paola, a batata-semente multiplica seu DNA para as demais. Já temos tecnologia suficiente para encontrarmos seus vestígios sob a terra."

"Pela lógica da hereditariedade, deveríamos estudar a mais antiga batata-semente, a primeira plantada em solo brasileiro. *¡Es imposible!*"

"Não precisamos retroceder tanto. Se todas as batatas sumiram é porque compartilham da mesma sina. Podemos nos concentrar num espaço de terra menor e mais controlado."

"O sítio do seu amigo..."

"Sim!", e a abracei. "Conhecemos bem o sítio, fizemos vários estudos de pedogênese. Precisamos encontrar o lugar exato onde foi plantada a primeira batata-semente, ainda na época do pai do Omar, quando comprou as terras. Tenho certeza de que, encontrando o solo certo, podemos ensiná-lo a gestar novamente uma batata-semente."

"Professor Jameson, o senhor é um gênio."

"Paola, se vimos mais longe, foi por estarmos sobre ombros de gigantes."

Num abraço, eu a levantei do chão. Minha peruana gritou e sorriu com excitação. Carreguei-a até minha banheira e, enquanto esperávamos que enchesse, ficamos nus. Eu fui o primeiro a entrar, derramando água no piso. Quando Paola se ajustou em meu corpo, reparei que sua imersão havia transbordado menos água. Entendi o que se passava com aquele corpo flutuante e fiquei com mais tesão.

EUREKA!

31 CAP.

O delegado Brandão marcara uma rinha beneficente, cuja renda seria revertida para Fátima e sua família, o que me comoveu. Eu lhe prometi assistir pelo menos à luta entre Calcutá e Muhammad Ali. Paola e eu demos uma pausa no projeto para acompanhar o evento principal.

Na rinha, as brigas já haviam começado. Jayme cobrava as apostas, de tempos em tempos dava cachaça a Muhammad Ali. Omar auxiliava Índio, que alimentava Calcutá com ração especial. O galo estava envolvido numa manta que lhe cobria o corpo e os olhos lateralizados.

Jayme se aproximou para coletar nossas apostas. Movido pela alegria de um novo horizonte, decidi acudir financeiramente Fátima e apostei dez mil reais em Calcutá, dinheiro vivo, em nome de toda a Comissão. Logo trouxeram o rebolo, uma rinha menor que comprimia o campo de movimentação dos galos e tornava a luta mais acirrada. Não havia para onde fugir, dentro do rebolo. Era matar ou morrer.

A luta começou fria, cheia de estudos. Os galos se aproximavam com receio, ciscavam e logo se afastavam. Abriam as asas para impressionar e mostrar seu tamanho. Foi então que Calcutá conseguiu bicar o peito nu de Muhammad Ali, que passou a sangrar. A torcida foi à loucura.

O galo de Índio cresceu na luta. Parecia mais bem posicionado, sua força bruta esmagava a elegância do adversário. Passou a acertar bicadas no mesmo lugar, próximo ao coração, até que derrubou o oponente. O juiz abriu contagem.

Um, dois, três... Jayme correu para acudir seu galo.

Quatro, cinco, seis, sete... Ele balançava o animal, cujo olhar fugidio não mudava.

Oito, nove... Desesperado, Jayme mergulhou a cabeça do galo no copo de cachaça.

A atitude inesperada acabou surtindo efeito, o álcool deu um choque em Muhammad que, mesmo cambaleante, se levantou de arrasto, quebrado e cego, como quem diz "não me entrego". A plateia bateu palmas, gritou, a luta prosseguiu.

Alerta, Calcutá desferiu mais um golpe, ávido por encerrar logo a batalha. Mas a experiência pesou na hora da decisão, um movimento atabalhoado abriu espaço para Muhammad conseguir esquivar e aplicar suas esporas reversas. Suas puas entraram debaixo das asas, com toda saúde, até o talo. Calcutá sentiu o golpe, ficou um tempo inerte e, ao se soltar das esporas, voou para fora do rebolo. Fim da luta, vitória de Muhammad Ali. A gritaria foi imensa, Jayme se ajoelhou e Índio apenas pegou seu galo no colo.

"Esse galo luta tão bem que deveria se chamar Éder Jofre, o maior pugilista da história!", eu disse a Paola.

Brandão tomou a palavra e disse que a rinha havia angariado 10.090 reais. Mesmo tendo perdido a aposta, uma gota de vaidade pingou em meu ego. Pouco mais tarde, os galos já estavam recompostos e os criadores se abraçaram. Orgulhoso da vitória, Muhammad estava de bico levantado e crista altiva.

Ao vencedor, as batatas.

De volta aos trabalhos, eu e Paola ficamos até alta madrugada planejando os próximos passos e perdemos a hora de acordar. Mara veio me buscar em casa. "Sorte sua o Presidente estar com a manhã livre. As campanhas do segundo turno estão pegando fogo, ele dará prioridade a qualquer evento eleitoral de seu candidato. Isso não aconteceu ainda, mas a esperança é a última que morre."

"*¡Qué palta!*, respondeu ostensivamente Paola. "Um Presidente sério trocaria uma reunião fundamental para o futuro de seu país para fazer campanha para outro candidato?"

"O Presidente procura atender igualmente os especialistas de todas as áreas. Por isso mesmo, você não viajará conosco."

Paola fez um olhar fugidio e, após constrangedores segundos, franziu a testa e concordou com a restrição. Beijei-a e parti com Mara rumo ao Cessna 680. Durante o voo, ela não falou comigo. Quando chegamos a Brasília, encaminhou-me para o Gabinete Presidencial.

Vlad da Silva estava sentado numa enorme mesa redonda de madeira, rodeada por doze cadeiras vermelhas de estilo anos 60. Fui cumprimentá-lo e me dirigi ao meu lugar reservado, diametralmente oposto ao dele.

"Doutor Jameson, antes de mais nada, o Ministro Bagos teve que se ausentar de nossa reunião por conta das campanhas eleitorais. Tenho certeza de que ele é muito querido e estratégico para angariar votos, mesmo sendo apenas um Ministro. De toda forma, elegeu-se Deputado Federal por meu partido, umas das poucas vitórias nossas."

Eu assenti com a cabeça e ele tomou um gole de água. Para gerar empatia, também bebi e ele continuou a conversa.

"A Mara me passou o seu relatório. Os resultados foram extremamente insatisfatórios."

"Senhor Presidente, permita-me discordar. A Comissão conseguiu avanços importantes para o próximo passo da cura."

"Quais seriam esses avanços?"

"Sabemos que a peste leva até quatro horas para transformar as batatas em sal refinado, 100% cloreto de sódio, dentro da Zona Econômica Exclusiva do Brasil."

"E o que mais?"

"A peste não tem causas relacionadas a pragas, plantas daninhas, ar, solo ou doenças. Mesmo assim, os mais avançados métodos de cultivo são impotentes perante sua força."

"O senhor conseguiu provar aquela sua tese?"

"Não", engoli em seco. "Vou prová-la no próximo experimento, que está em fase de estudos."

"Doutor, seu otimismo me espanta. O senhor está muito animado para quem obteve resultados tão pífios." Ele desabotoou o paletó e se reclinou na cadeira, gesto que imitei. "Confesso que ando levemente preocupado. Meu partido perdeu posições importantes no Parlamento e no Executivo. Nosso candidato à Presidência não foi para o segundo turno. Dentro de poucos meses, perderei meu foro privilegiado. Enfim, meu capital político está se esgotando."

Tentei lançar-lhe um olhar compreensivo.

"A oposição faz muito barulho, o que influencia a opinião pública", ele disse. "Ela inventa ilações contra mim e meus correligionários, chama-me de ceifador de direitos, corrupto contumaz, acusa-me de privilegiar setores. Toda hora o Mamãefalei está mamãefalando de mim na internet. Mas só eu sei o que foi receber a herança maldita da gestão anterior."

"Tenho certeza de que ninguém faria diferente, senhor Presidente", menti.

"Para piorar meus últimos meses de mandato, apareceu essa peste intempestiva", e tomou um novo gole de água. "Ao saberem das suas falhas nessas primeiras experiências da Comissão, as 20 maiores redes de *fast food* ameaçaram abandonar o Brasil, caso as batatas não voltem a aparecer em seus combos. Além disso..."

"Farei de tudo para evitar esse desastre", eu o interrompi. Estava convicto de que o Brasil voltaria a ter batatas.

"A bancada ruralista está negociando. Se essas empresas saírem, teremos mais de um milhão de desempregados, principalmente jovens na faixa dos 18 aos 24 anos. Perderíamos milhões em financiamento de campanhas, tragédia que você deve evitar. Isto posto, minha convalescência espiritual não me impede de lhe cobrar resultados."

"Tenho certeza de que, em breve, o senhor terá notícias mais alvissareiras."

"Mas eu preciso de respostas, dr. Jameson, respostas", exaltou-se. "Olha, convenhamos, depois de nossa última conversa, eu consegui aprovar no Congresso um orçamento de primeira grandeza para a Comissão. Se você falhar novamente, tomarei medidas mais enérgicas, como a decretação de intervenção militar no Vale das Batatas."

Ficamos um pouco em silêncio. Pude notar o contraste da vista bucólica e pastoril que tínhamos com a sala austera em que estávamos. O dia estava claro, fazia um intenso sol no Distrito Federal. Ao fundo, dava para ouvir o canto de andorinhas, tico-ticos, araras e bem-te-vis.

"Em relação a esse novo projeto, qual a estimativa de investimento, doutor?"

Eu estava com a batata quente nas mãos. Mas não poderia recuar, era o momento do *sprint* final.

"Estimo que seja na ordem de 500 milhões."

"De reais?"

"Não, de dólares. Precisaremos de apoio internacional para desenvolvermos os testes e encontrarmos a batata-semente."

"O senhor tem até segunda-feira que vem para apresentar o projeto. Em relação ao investimento, é um valor altíssimo. O que me faz lembrar de uma necessidade."

"Qual seria?"

"Investi muito naquele seu Centro de Estudos provisório. Por isso, torná-lo-ei permanente, será um legado de minha gestão."

"Presidente, isso não está no contrato. Preciso ver essa disponibilidade..."

"Doutor Jameson, eu já tomei essa decisão. Muito obrigado e boa sorte."

32 CAP.

Passei o restante daquela semana construindo o projeto junto com minha equipe, especialmente Paola, que conseguira algum sucesso, mesmo que efêmero. Logo percebemos que encontrar a localização exata para cavarmos o buraco era o ponto mais crítico da empreitada.

Um áudio de WhatsApp sobre a ameaça das redes de *fast food* vazou. Como não poderia deixar de ser, a comoção foi geral. O Presidente teve que ir a público afirmar que já estava trabalhando para resolver essa questão e que as pesquisas haviam entrado numa fase decisiva, da qual sairia a cura. Suas palavras não acalmaram o fervoroso mercado, que amargou quedas em todos os dias da semana. Na sexta-feira, chegou a decretar o *circuit breaker*.

O caos se intensificou no país, as exportações agrícolas despencaram, devido à desconfiança dos órgãos reguladores. Muitos países passaram a obrigar uma desinfecção de toda carga ou passageiro que tivesse saído do Brasil, devido ao risco de contaminação. Alguns lugares mais totalitários proibiram a vinda de seus cidadãos e o turismo despencou.

Mesmo com o câmbio favorável, os hotéis ficaram às mínguas. Os *shoppings centers* e varejistas em geral perderam muitos clientes.

Como solução, o Banco Central emitiu milhões de reais para estimular o consumo através do crédito e, numa semana, a inflação ultrapassou a meta para os próximos dois anos.

No meu projeto, tentava esquecer os problemas do Brasil e me concentrar no rigor científico. Mas a verdade é que tinha um conflito interno. Teria que contar a Omar sobre a permanência do Centro de Estudos em sua propriedade. Resolvi ter logo essa conversa, porque, enquanto não a resolvesse, ficaria com ela a martelar meu cérebro. Numa manhã, encontrei Omar escorado no batente de sua porta. Mais magro, suas roupas pareciam alguns números acima do adequado.

"Omar, meu amigo, tenho uma ótima notícia para você."

"Me fala qualquer coisa que, no meu estado, o que vier é lucro." Ele abriu a boca e estendeu sua bochecha direita, mostrando que seu pré-molar superior fora perdido.

"Eu consegui a venda da área arrendada para o governo, um ótimo negócio. Isso significa que você vai receber uma bolada, bem acima da média do mercado. Você pode investir a grana e viver de renda."

Ele deu risada e respondeu "desculpe, mas o sítio não está à venda."

"Omar, a questão é que o Presidente decidiu isso por conta própria, sem me consultar. O Centro de Estudos Avançados Esteves Salgado ficará no Vale para sempre. Seu sítio será desapropriado pelo governo."

"Caralho, eu perdi metade das terras que herdei de meu pai?", e sua voz embargou.

"Não, só um terço da área total. Mas vai ganhar uma indenização enorme, não vai precisar plantar batatas nunca mais."

"Quem falou que eu não quero mais plantar batatas?", se exaltou. "Eu vou perder metade das áreas de plantação, isso que me importa. Você prometeu que seria temporário, eu não posso perder essa parte do terreno, quero trabalhar com o que sei de melhor."

"Com o dinheiro que vai receber, você poderá comprar um sítio muito maior, com máquinas melhores e uma casa mais confortável para sua família. Ainda por cima, ficará com a parte que sobrar desse sítio velho."

"Você fala como se esse terreno não tivesse valor. Saiba que foi aqui que eu nasci, aqui eu aprendi a ser homem, a respeitar a família. É aqui que meu pai está enterrado e é aqui que eu quero morrer."

"Omar, desculpe, mas o Presidente já decidiu. Eu vou cuidar da parte financeira, ainda faremos o *valuation*, prometo que serei generoso com você."

"Você seria mais generoso se cumprisse sua palavra, se resolvesse logo essa peste. Com que cara eu vou contar pra minha mãe que perdemos metade do sítio?"

"Sua mãe vai ficar feliz com o dinheiro que vocês vão receber da venda, talvez eu consiga para vocês uma pequena fortuna."

"Até agora, o único que fez fortuna com a peste foi você", e me apontou o dedo. "Isso não é venda, é roubo. Quem disse que o governo paga pelas terras que desapropria? Eu estou pra receber o Bolsa Batata e o financiamento. Esse dinheiro não vai vim nunca, seu doutor de merda!"

Essa última frase foi uma punhalada. Omar e eu ainda discutimos um pouco, até que ele entrou em sua casa e fechou a porta. Senti uma culpa enorme por ele ter perdido parte de seu amado sítio, mas, ao menos, esse fato me rendeu uma última chance. Na confiança de que conseguiria algo maior, voltei-me ao rigor e deixei que Omar levasse seu tempo para aceitar a perda.

33 CAP.

No Aeroporto Juscelino Kubitscheck, não seguimos no carro oficial que nos levava ao Palácio do Planalto. Fomos numa espécie de carrinho de golfe até um hangar distante, com seguranças à frente. Logo que entramos, percebi que a reunião seria no Airbus A319CJ Santos Dumont, o avião oficial da Presidência da República.

Comprado em 2005 por mais de 50 milhões de dólares, o Airbus tinha 33 metros de comprimento e capacidade de 55 passageiros. Na parte externa, logo depois do bico frontal, duas faixas verde e amarela cruzavam a fuselagem branca que, acima das janelas, trazia escrito *República Federativa do Brasil*. No final do avião, o símbolo de nossa República estava pintado no estabilizador vertical.

Subimos uma frágil escada metálica e entramos numa pequena cabine. À nossa esquerda ficava o *cockpit*. Viramos à direita, numa sala com quatro largas poltronas verdes reservadas ao Brigadeiro-Chefe da Aeronave e aos Comissários de Bordo. A sala terminava com uma parede de PVC que deixava um estreito corredor à sua direita. Seguimos por ele e passamos por uma porta fechada, com detalhes amadeirados e trinco dourado. Um pequeno armário baixo nos ladeava até o assento reservado ao Ajudante de Ordem oficial.

Chegamos a uma porta de correr, Mara a abriu e entramos numa ampla sala, com duas mesas nas laterais, cada uma com quatro confortáveis poltronas. Maldos Bagos já havia chegado e me sentei ao seu lado, enquanto Mara foi para a outra mesa.

"Então, doutor, suas pesquisas não deram em nada?"

"Não é bem assim", sorri amarelo. "Nós conseguimos eliminar hipóteses, um avanço considerável."

"Jameson, você não está numa sala de aula. Aqui, em Brasília, ninguém tem o direito de errar. Como amigo, aviso que você está na corda bamba."

Tentei não me intimidar com a ameaça de Bagos, expressa pela fala extremamente indelicada. Ficamos um tempo em silêncio, período ao longo do qual passaram alguns assessores e mais tripulantes pelo corredor central.

O Presidente é sempre o último a entrar no *AeroVlad*. Por isso a demora para ele chegar. Estranhamente, estava sem gravata e com olheiras maiores e roxas.

"Dr. Jameson, Ministro Bagos e Ajudante Mara, primeiramente, peço desculpas por nossa reunião ser em meu avião. Com menos de uma semana para o segundo turno, meu partido decidiu me chamar para as campanhas nos estados em que ainda podemos lograr êxito."

"Antes tarde do que nunca", brinquei e logo me arrependi.

"Destarte, é meu dever cívico contribuir para o processo democrático, espero que sejam compreensivos."

Assim como no Porta-Helicópteros, senti-me com claustrofobia. Todas as janelas que encontrei estavam cobertas por uma cortina sanfonada de plástico. Minha vontade era sair logo dali, mas eu tinha um projeto a apresentar, o que tratei de começar rapidamente.

"Senhores, gostaria de iniciar a apresentação de minha próxima experiência. O começo será..."

"Agora não, doutor", interrompeu-me o Presidente. "O Ministro Bagos também está com a agenda lotada. Por isso, trataremos de um assunto de seu interesse e, em seguida, liberá-lo-ei para suas atividades."

"Você não vai ouvir sobre minha próxima experiência?", perguntei ao Ministro.

"Não, eu confio no Senhor Presidente, o que ele decidir assino embaixo", e se virou a mim antes de falar. "Preciso lhe dizer uma coisa, Jameson, eu vou cancelar a Batata *Showroom*."

"A feira que vai acontecer no Vale?", perguntei de forma retórica. "Você chegou a falar com os organizadores ou os patrocinadores?"

"Os organizadores e patrocinadores são eu mesmo, e não há clima para festa."

Por um momento, havia me esquecido de que ele não era somente um ministro, mas um grande fazendeiro influente no agronegócio. "Vou lhe falar o porquê de não querer mais realizar minha feira. Não há mais batatas, o Vale se tornou um lugar perigoso, teve um assassinato recentemente. Fora que os resultados da Comissão foram péssimos e, nesse contexto, um discurso do Presidente seria uma tragédia."

Não queria que o Vale perdesse a Batata *Showroom*, uma grande oportunidade de colocar a região e meus trabalhos no mapa da economia brasileira. Olhei para Vlad, que apenas confirmava com a cabeça. Senti que deveria apelar e me concentrar num forte argumento para demovê-los da ideia.

"Ministro Bagos, quando penso na sua feira, lembro de uma coisa." Respirei fundo, fazendo uma pausa dramática. "O Centro de Estudos ficará como legado deste governo. Quando o Presidente discursar, com certeza receberá popularidade e aplausos com os agricultores da região."

Touché!

Ministro Bagos se contorceu na cadeira e ajeitou a gravata. "Senhor Presidente, sejamos racionais, não há sequer batatas para testarmos as máquinas de automação expostas."

"Mas essa é uma situação passageira", respondeu Vlad. "Anunciar um legado permanente para o futuro do país será ótimo para a imagem de meu governo e para a população."

"Presidente, não se deixe levar por falsas esperanças", insistiu Maldos.

Sem escutá-lo, Vlad me perguntou "Você acha que cairia bem com a imprensa?"

"Com certeza, Sr. Presidente", disse. "Seu discurso na Batata *Showroom* vai acalmar o ânimos dos batateiros, algo importante para ganharmos a confiança da bancada ruralista."

O ministro estava derrotado e respondeu ao Presidente. "Eu acho que essa feira vai ser uma merda mas, se você quer tanto fazer seu discurso, eu a mantenho por você."

"Ministro Bagos, confirmo minha presença na Batata *Showroom*. Ponto Final."

O ministro assentiu com a cabeça e me encarou atravessado. Fiquei emputecido e, após sua saída, aproveitei para denegrir sua imagem.

"Presidente, talvez o Ministro Bagos esteja confundindo interesses pessoais com republicanos. Inclusive, ele vende insumos para a Comissão sem nota fiscal, ameaça parar nossos trabalhos caso não façamos alguns pagamentos fora do contrato."

"Quer dizer que vocês estão pagando o Ministro Bagos por fora?"

"Sim."

"Tem que manter isso aí, viu?"

Atônito com a resposta, refiz minha postura e introduzi o assunto mais importante do dia. "Senhor Presidente, quero agora lhe apresentar minha próxima experiência, que irá..."

"Doutor Jameson, agora não. Farei dois discursos hoje e aprimorá-los-ei nessa viagem." Ele se virou para a calada Ajudante de Ordem. "Mara, avise o Comandante que podemos decolar."

34 CAP.

Somente nessa hora percebi o real motivo de estarmos no avião. Para apresentar meu projeto, teria que esperar um tempo na agenda oficial, o que significaria voar com o Presidente. Não estava preparado para isso, mas encontrei em minha pasta alguns comprimidos de prometazina.

Mara foi falar com o Comandante e, em seguida, me levou até meu assento, na sala seguinte. Eram 16 poltronas pretas, parecia um avião de carreira. Ao meu lado estavam o médico oficial, dois assessores e três seguranças. O único jornalista presente era o fotógrafo. No meu lugar marcado, encontrei o Plano de Voo, que indicava destinos em Boa Vista, Roraima, e em Rio Branco, Acre. Mara voltou à cabine e se sentou ao meu lado. Estava estranha, ignorando-me, e resolvi puxar assunto.

"Muito bonito esse avião, não é?"

"Aham."

"Você também está brava por ter de viajar com o Presidente?"

"Não."

"Eu lhe fiz alguma coisa?"

"O que você acha?"

"Nós vamos ficar assim a viagem inteira?"

"Quem era aquela magrela?"

"A Paola?", sorri. "Ela é uma Líder de Pesquisa da minha Comissão. Ficamos até tarde planejando o próximo projeto, só isso."

"Aprende uma coisa, um homem só larga de mim quando eu quero." Respirou fundo, acentuando seus fartos e redondos seios. "Eu vou fazer você esquecer aquela raquítica."

O avião começou a andar, um Comissário falou para apertarmos o cinto. Era nove da manhã quando levantamos voo. Mara se levantou e me deixou só. Aproveitei para acionar o comando elétrico da cortina sanfonada que, ao abrir, revelou uma janela espessa de avião.

Repassei os principais pontos de minha apresentação, mas em poucos minutos estava cochilando. Acordei com o brusco primeiro contato na aterrissagem e a seguinte desaceleração para estacionar num hangar especial em Boa Vista. Pela janela, vi o Presidente sair junto a alguns assessores. Senti que o ambiente e o semblante das pessoas ficaram mais leves sem a excelentíssima presença.

Era meio-dia e o almoço foi servido em pratos de porcelana e talheres metálicos. Trouxeram-me uma salada *caprese* de entrada e, no tradicional carrinho de comidas, alumínios retangulares com arroz, maionese, massas e carnes variadas, como salmão, bacalhau, filet mignon e linguiça.

Aliviei minha ansiedade na comida e me empanturrei. Por via das dúvidas, tomei mais um comprimido com refrigerante. Na volta do Presidente, viajamos até Rio Branco, um percurso de quase três horas. Durante o trajeto, Mara passou apressada pelo corredor algumas vezes. Tentei chamar, perguntar se poderia falar com seu chefe, mas ela me ignorou.

Tediosamente, o tempo foi passando. O mesmo ritual de desembarque se realizou ao pousarmos na capital acreana, causando o mesmo alívio na comitiva. Estávamos todos cansados. Após algumas horas de sossego, partimos de Rio Branco, de volta a Brasília, quando o sol já se punha.

Finalmente, depois da autorização do Comandante para desafivelar os cintos, Mara veio ao meu lugar e me chamou para a apresentação.

Voltamos à cabine de poltronas verdes e sentamos os três na mesma mesa, com Vlad à minha frente e Mara ao meu lado.

"Senhor Presidente, antes de começar, gostaria de lhe explicar um pouco sobre meus estudos da pedogênese do Vale, é muito importante..."

"Não, não, doutor Jameson", negou com as mãos. "Estou cansado, tenho dormido pouco e trocado o dia pela noite."

"Quase um vampiro", brincou Mara, e o Presidente sorriu moderadamente.

"Fale-me rapidamente de seu projeto que depois vou descansar. Amélia está me esperando para o jantar."

Respirei fundo e tentei ao máximo simplificar as palavras e concatenar as ideias.

"Senhor Presidente, nós percebemos que não há causa externa relacionada aos sumiços das batatas. Por exclusão, concluímos que a mazela é intrínseca ao tubérculo, ou seja, está em seu DNA. Como não temos batatas para estudar *in loco*, temos que mudar de estratégia. Ao invés de buscarmos a cura para a peste, ensinaremos o solo a fazer a germinação."

"Gosto desse raciocínio", bocejando em seguida.

"Primeiramente, vamos determinar o local exato em que foi plantada a mais antiga batata que encontrarmos no sítio, chamada de batata-semente. Ela é o elemento mais distante da peste, por isso seu DNA será o padrão que utilizaremos. Como temos pressa e não podemos determinar a primeira batata do Brasil, o escopo das buscas será o próprio sítio em que estamos. Trata-se de uma redução metonímica, que mantém a validade científica."

"Não sabia que a semente da batata é uma outra batata", disse Mara, que estava mais falante do que ao longo do dia.

"Com o local determinado, vamos cavar o solo em 20 metros de profundidade e recolher amostras, um trabalho quase arqueológico. Vamos tratá-las com um coquetel de substâncias criadas por nós, que irá reativar a memória bioquímica da terra, a lembrança de como foi ter gestado um tubérculo saudável. Com isso, faremos um novo tratamento químico, que tornará essa memória permanente. Assim, o solo voltará a ser policarpo."

Enquanto eu falava, o Presidente deixou seu pescoço pender para frente algumas vezes, suas pálpebras foram fechando mais. Sonolento, ele perguntou "depois desses testes químicos, nós teremos as batatas de volta?"

"Não, Senhor Presidente, a parte mais interessante começa agora", e me ajeitei na poltrona. "Como partimos da premissa de que há um colapso no gravitropismo, precisamos executar os testes químicos num ambiente sem gravidade. Nós vamos simular no espaço aéreo do Vale das Batatas um ambiente de microgravidade, sobre um avião militar customizado para nossos testes, que fará uma série de voos parabólicos. Ele partirá da Base Aérea de Santos, o aeroporto mais próximo ao litoral que encontramos, um fator fundamental para o sucesso."

Como as pálpebras oficiais pareciam pesadas, acelerei a explicação. "A Base estava semidesativada desde 2007, precisou passar por reformas urgentes em sua estrutura interna, além das instalações para a experiência, o que encareceu o projeto. De toda forma, com as amostras recondicionadas, um helicóptero sairá direto do alto-mar até a Base, trazendo batatas-semente."

Quando percebi, o Presidente já havia dormido sentado. Não sei até que ponto ele acompanhou meu raciocínio. Mesmo as pequenas trepidações não o despertavam. Fiz menção de balançar seu braço e acordá-lo cordialmente, porém Mara me conteve e interrompeu o movimento. Fez sinal de silêncio e, cautelosamente, me puxou para a entrada da cabine.

"Me passa todo o dinheiro que você tem na carteira."

Mara sabia dominar, senti uma eletricidade sexual entre nós e lhe entreguei seis mil reais. Voltamos ao apertado corredor, e ela entregou meu dinheiro ao Ajudante de Ordem de guarda. Em troca, ele lhe passou uma chave, e caminhamos até a porta de trinco dourado, a Suíte Presidencial.

À nossa esquerda estava uma singela cama, com lençóis brancos retíssimos e duas almofadas com a bandeira do Brasil. As paredes eram de um amarelo bem claro, estilo clássico. Estávamos muito excitados, ficamos nus e nos beijamos. Como de costume, ela me arremessou na cama e me deu uma piscadela.

Fizemos a posição sexual conhecida como união das borboletas. Ela apertava minha garganta e me estapeava, cada vez com mais violência. Na iminência de meu clímax sexual, fiz um movimento assíncrono que nos desencaixou, e acabei ejaculando numa almofada, bem no meio da bandeira nacional.

No torpor do orgasmo, fiquei um tempo a observando, na dúvida se manchara mais a ordem ou o progresso. Sabia que aquilo não era muito positivista e limpei a sujeira com a mão, o que só espalhou meus genes.

Mara se levantou e logo colocou a roupa. "Se é só isso que você tem a me oferecer, pode voltar para sua magrela", e me deu sua última piscadela, que parecia mais longe de meu alcance. "Vamos logo, temos que ser rápidos."

Vesti minhas roupas e fui ao banheiro oficial, com uma pia de mármore vermelho e metais em dourado. Peguei uma amostra do macio papel higiênico oficial e fui limpar nosso límpido céu azul cravejado com 26 estrelinhas mais o Distrito Federal. De repente, Mara me puxou para fora do quarto, sem reparar que minhas mãos ainda estavam melecadas. O Ajudante de Ordem nos fez o sinal positivo, devolvemos a chave e voltamos à cabine presidencial. Vlad permanecia na mesma posição. Cutuquei o antebraço oficial sem ser interrompido e ele acordou no susto, pedindo perdão. Chamou um Comissário e pediu um chá de frutas vermelhas.

"O senhor tem alguma dúvida, Presidente?", perguntei.

"Quanto custará essa experiência?"

"Investiremos 1 bilhão."

"De dólares?"

"Não, de euros."

Nesse momento, uma forte turbulência tomou conta do avião, as luzes piscaram e chegamos a ficar em queda livre por alguns momentos. Quando tudo se reestabeleceu, continuei.

"Nós precisamos adaptar um avião da FAB com tecnologias militares de vários países, principalmente da União Europeia. São engenharias que elevaram o preço."

"Tente a tecnologia militar da Romênia, principalmente para voos noturnos. Em todo caso, sobre esse dinheiro, não arrecadá-lo-ei tão em breve. Avisarei, entretanto, as autoridades competentes para que os pagamentos sejam a prazo."

Eu confirmei com a cabeça e ele fez questão de encerrar a conversa. Seu chá havia chegado, pela televisão oficial vi que sobrevoávamos o final do estado de Rondônia. Antes de se levantar e partir para a Suíte Oficial recém-utilizada, alertou-me.

"Lembre-se de que é sua última chance. Estou muito pressionado a resolver esse problema, a população considera-me o culpado de tudo. Você tem o dever de cumprir sua promessa e fazer as batatas voltarem. Nos próximos dias estarei em campanha, então, qualquer coisa fale com a Mara ou com Bagos."

Eu concordei e nos cumprimentamos. Somente depois me lembrei de que não lavara as mãos adequadamente e estava de rosto vermelho de tantos tabefes.

35 CAP.

A busca pela batata-semente acabou envolvendo toda minha equipe. Divididos em grupos, perfuramos o sítio em centenas de lugares, numa profundidade de dois metros. Uma dificuldade foi buscar os vestígios debaixo da residência da família Salgado. Dona Wanda ficava o tempo inteiro garantindo que a batata-semente não se encontrava ali, pois a casa já estava de pé quando compraram o sítio. Desde que comentei sobre a permanência do Centro de Estudos em seu quintal, ela e Rosa me tratavam com frieza.

As buscas naufragavam e frustravam a equipe. O primeiro a desertar foi doutor Arzt, disse que não tinha esperanças de encontrar vestígios e estava perdendo seu tempo. Em seu último ato de humildade e respeito à hierarquia, pediu permissão para uma pesquisa particular, que aproveitaria os inúmeros equipamentos importados que estavam ociosos. Aceitei o pedido a contragosto, não o queria atrapalhando o moral e a paciência do restante da equipe.

Mesmo com todos os problemas, o que mais me incomodou nesses quatro dias foi o humor de Omar. Via-o cantando os pneus do Santana, entrando e saindo sem sequer olhar para os lados, talvez para não ver seu sítio esburacado. Eu não sabia seu destino, o que consegui reparar é que muitas vezes seus olhos estavam marejados, sua barba rala e o pescoço bem mais fino.

Mara me telefonava amiúde, lembrando-me de que não poderia atrasar o cronograma em nem um dia, caso contrário, o Presidente não teria como suportar o *lobby* das multinacionais. Todo o estresse acumulado, que até então eu conseguia purgar através de comida, álcool e sexo, bateu em mim de uma só vez. Fiquei bastante gripado, paradoxalmente com uma fome enorme, que me fazia empanturrar o estômago diariamente.

No final do último dia, estava inspecionando o sementeiro, que sempre produziu as batatas-semente. Após revirarmos toda sua extensão, nada encontramos. Eu estava muito cansado, minhas pernas doíam, ironicamente, na região das batatas. Uma câimbra atingiu minhas panturrilhas e eu revolvi me deitar. Com as costas na terra, fiquei a olhar o céu, o trânsito das poucas nuvens, o revoar dos pássaros do cerrado. Passei um tempo ali, sozinho e desligado da realidade, até que ouvi passos apressados. Fui surpreendido por um ataque animal e, quando dei por mim, estava lutando contra um dinossauro.

Levantei-me e vi as Marias brincando com suas pelúcias, únicos bens que o banco dera a seu pai. Vendo meu estado deplorável, Rosa engoliu seus ressentimentos e me convidou para tomar uma xícara de café. Ela também parecia mais magra, o que lhe garantia um corpo mais esbelto, fato que, por respeito e bom senso, não salientei.

"Então, doutor, o homem quer pagar 10 milhões pela metade do sítio?"

"Tecnicamente, é um terço. Esse é o dinheiro que vocês vão receber, em breve poderão passar no banco."

"Tu sabe que eu andei pensando nisso", e nos serviu. Sentou-se à mesa e colocou açúcar para adicionar doçura ao amargor do café e da vida. "Eu gostei muito dessa ideia. Faz tempo que quero morar na cidade, dar uma educação melhor pra minhas filhas..."

Rosa começou a chorar, apoiou a cabeça no braço que acotovelava a mesa. Peguei um papel toalha e lhe entreguei, para que fizesse as vezes de lenço.

"Tu sabe, o Omar é cabeça dura, demora pra aceitar algumas coisas. Mas eu conheço ele, no final, vai acabar aceitando. Faz um mês que tá perdidinho da silva, não sabe o que fazer, que hora acordar. A gente tinha vida de batateiro, mas isso acabou. Uma hora ele para de fazer birra e a gente se muda pra cidade."

"Quanto a isso, eu ainda vou encontrar a cura da peste, as batatas vão voltar."

Enquanto eu falava, entrou na cozinha Omar. Ele me olhou por cima, desconfiado, veio até nós, se sentou e Rosa lhe serviu um café. "Bom que agora você faz companhia pro doutor. Vou dar o banho delas", e saiu.

Omar vestia uma camisa social branca, calças também sociais e sapatos pretos. Nunca o havia visto vestir-se assim, tive a sensação de que fora procurar emprego e, pelo seu semblante, fracassara.

"Desculpe fazer você perder o sítio. Afinal, eu que tive a ideia de trazer o Centro de Estudos para cá."

"Eu que peço desculpas, você não é um doutor de merda", e me encarou. "Mas, às vezes, faz umas que vou te contar..." Nós sorrimos e o gelo estava quebrado. "Sabe, eu andei pensando. Deus escreve certo por linhas tortas, vai ver é hora de ir pra cidade mesmo. Eu só fico pensando no que eu poderia trabalhar se não for no campo."

"Com a grana que você vai ganhar, não vai precisar trabalhar nunca mais. Mesmo assim, como *hobby*, você poderá continuar a plantar batatas no terreno que lhe restou. Poderá vir da cidade de helicóptero, farei com que possa usar o heliporto do CEAES."

"Eu nunca vou abandonar minha casa e a caviúna de meu pai. Mas não me engano mais, perdi metade do sítio e nunca vou ganhar nada em troca. O governo só tira, nunca dá. É um contrato que ele não pode pagar.

O que me deixaria puto é saber que perdi o terreno pra não dar em nada. Eu penso assim, já que a merda aconteceu, que seja por um motivo maior."

"Exatamente! Compartilho desse sentimento, vamos fazer essas batatas aparecerem de qualquer jeito!"

Enquanto nos abraçávamos e reatávamos a amizade, as meninas voltaram. Omar foi tomar seu banho, deixando-me na companhia delas.

"Você é cientista?", perguntou Maria Fernanda. A menina era muito esperta.

"Sou sim, pode me fazer qualquer pergunta."

Gostava de ser ouvido, sentia-me na obrigação de agregar conhecimento ao futuro de nosso país. Maria Fernanda pensou um pouco e perguntou "dinossauro existe?"

"Eles já existiram há milhões de anos, mas foram extintos."

"O que é extinto?"

"Mortos, meu amor. Eles foram mortos por um meteoro."

Maria levantou as sobrancelhas. "Quem nasceu primeiro, o dinossauro ou o Jesus?"

A pergunta me pegara de surpresa. Respirei fundo, senti um desejo de descarregar meu azedume emocional e esmigalhar suas esperanças existenciais na mitologia cristã. Entretanto, calei-me, não considerei correto intervir na criação de filhos alheios e mudei de assunto rapidamente.

"Seu dinossauro é um velociraptor que viveu há 65 milhões de anos. Quantos anos você tem?"

"Eu tenho oito e minha irmã tem cinco."

Mafê foi até o final da sala e, atabalhoadamente, pegou sua irmã no colo e a trouxe para perto de nós. Malu não se incomodou e mostrou seu brinquedo. "É o dinossauro serelepe", disse-me.

Eu me aproximei das duas e falei com entusiasmo. "Olha que lindo, esse mesmo velociraptor tinha penas, o que deu origem a todas as aves do mundo. É como se o dinossauro fosse o tataravô da galinha!"

Percebi que as meninas não estavam muito interessadas no que eu falava, sempre fui péssimo com crianças. Resolvi abandonar meu cientificismo e deixar florescer a criatividade delas.

"O que faz o dinossauro?", perguntei retoricamente.

"Pula a linha de araçá", disse Malu.

"Como assim?"

Mafê respondeu "Tio, nosso avô ensinou uma música pro nosso pai, que ensinou pra gente. É assim, ó", e passaram a cantar e dançar a música infantil.

Dinossauro serelepe,
pula a linha de araçá.
Vai correndo pela estepe
ajudando no plantar.
Cada salto dessa dança
vai mostrando o caminhar.
Brincadeira de criança
linha a linha no saltar.

Nesse momento, Omar retornou à sala, de banho tomado, olhos vermelhos e um papel na mão. Era a carta póstuma que ele me mostrara dias antes. "Sempre penso no que meu pai faria, queria que ele estivesse aqui", disse.

Eu pedi para reler a carta. Ainda com a canção do dinossauro na cabeça, passei a reparar em alguns detalhes estéticos. Era estranho, a carta não era uma poesia e, mesmo assim, estava separada de forma atípica, centralizada no papel.

Foi então que meu inconsciente conseguiu unir dinossauros, danças, batatas e criptografia numa mesma ideia e elevou a resposta à consciência, como um gêiser adormecido. Minha reação foi primeiro olhar com espanto, depois começar a gargalhar. "Omar, seu pai foi um gênio!"

"Como assim?"

"Ele sempre soube da importância da primeira batata plantada nesse sítio e resolveu registrar através de uma mensagem cifrada!"

Eu comecei a pular como uma criança, sendo acompanhado por elas. Sem entender nada, Omar também entrou na comemoração. Comecei a chorar de emoção, não acreditava no que havia acabado de ler.

"O que aconteceu, que mensagem é essa?"

"Na música que seu pai lhe ensinou, o dinossauro vai pulando linha."

"E daí?"

Eu devolvi a carta e lhe disse "a mensagem diz como encontrar o local exato em que foi plantada a primeira batata-semente do sítio. Leia-a pulando uma linha e você perceberá o que quero dizer."

Filho, não se rebaixe à mais vergonhosa bur-
guesia, tampouco sucumba à atraente viga-
rice pessoal. Acerte, erre e aprenda a indi-
ferença que desafia a vida. Saiba multipli-
car no sagrado sítio de nossa família o pri-
vilégio de trabalhar no ofício do costu-
meiro tubérculo, o qual gerou a vi-
são futura de uma casa para sempre atrela-
da a todas as batatas nascidas neste chão.
Vou embora satisfeito, espero com expectati-
va subir a passo firme a esquina baixa e oci-
osa do purgatório, a esperar meu destino transcen-
dental. Siga seu caminho ao grau de trin-
car, quebrar e superar tudo aquilo que acorren-
ta e, com a bênção de Deus, acumule cen-
tenas de anos-luz de fé, milhas de aprazimen-
to e oito metros de razão. Sempre te amarei,
independentemente de onde minha alma morar.

E.

4 PARTE

A CURA

36 CAP.

Eu e Omar fizemos questão de seguir exatamente as coordenadas descritas na carta póstuma, que iniciava com incrível bom humor para a importância de sua mensagem.

Filho, não se rebaixe à mais vergonhosa burrice pessoal. Acerte, erre e aprenda a indicar no sagrado sítio de nossa família o primeiro tubérculo, o qual gerou a vida a todas as batatas nascidas neste chão. Vá subir a passo firme a esquina baixa e ocidental. Siga seu caminho ao grau de trinta e, com a bênção de Deus, acumule cento e oito metros de razão. Sempre te amarei, E.

Na segunda frase, ele deixou claro a indicação do local da batata-semente que estávamos procurando. Seguindo as pistas, fomos até a esquina baixa e ocidental, ou seja, o canto inferior esquerdo do terreno. Com um teodolito, medi 30 graus a partir da base e caminhamos nessa direção por oito metros. O local marcava um ponto quase no meio do sítio, virgem, uma porção de terra sem nada plantado.

Eu sabia que suas profundezas guardavam o que eu queria. Sinalizei o local e, na manhã seguinte, a perfuradora chegou ao CEAES. Cavamos um buraco de um metro de diâmetro e cinco de profundidade para começamos a retirar as amostras. O destino quis que a broca trincasse e parasse de funcionar, mas como não tínhamos tempo a perder, resolvi que cavaríamos todos os quinze metros restantes no alto de nossas pás.

Com exceção do dr. Arzt, toda a minha equipe passou a se revezar nos trabalhos de escavação. No meio da tarde, havíamos cavado quase oito metros, quando a Kombi da Universidade trouxe nossas refeições. Por aclamação, boa parte da equipe decidiu que pararia os trabalhos para comer, poucos escolheram continuar comigo.

Michele fez questão de me entregar a marmita pessoalmente. Ela estava de cabelos soltos, perfumara-se e passara batom, um charme singelo e selvagem, atiçando meus instintos mais primitivos. "Pensei que você nunca mais olharia para mim", provoquei.

"Hoje é um dia especial, sinto que devo participar dessa empreitada."

Fiquei maravilhado com seu reconhecimento do momento histórico que vivíamos. Pensei em todo desgaste emocional pelo qual Michele passara para substituir seus melindres pessoais por um senso de patriotismo e união. Resolvi recompensá-la com um galanteio.

"Mais tarde, posso retribuir seu favor na minha cobertura."

"Não é um favor, é uma gentileza. Faço de coração aberto, gratidão." Ela virou as costas, balançando seus longos cabelos loiros.

"Namastê!", gritei enquanto se afastava.

Peguei uma garrafa de suco e tomei mais da metade de uma vez. Sob o sol escaldante, aquele sabor de abacaxi, mesmo que levemente amargo, desceu e revigorou minhas energias. Engoli duas prometazinas e abri a embalagem de meu lanche. Dei uma mordida generosa e percebi que havia um ingrediente escondido. Michele colocara pimenta no sanduíche. Uma picância tomou conta de minha faringe, fazendo minha garganta arder, meus olhos lacrimejarem e meu nariz entrar em coriza. Era como se existisse fogo saindo de minhas entranhas.

Ainda combalido pela vingança apimentada, comecei a sentir um leve desconforto intestinal. Bebi o resto do suco para me hidratar e conseguir coordenar o ritmo das escavações. Quando alcançamos dez metros de profundidade, logo após o pôr do sol, minha dor de barriga travou meus movimentos, obrigando-me a frequentar o banheiro mais do que gostaria.

Pensei em tomar mais suco de abacaxi, mas não achei prudente. Desconfiado, realizei alguns testes no líquido que Michele me entregou e encontrei um elemento atípico, com uma hidroxila no décimo segundo carbono, característica do ácido ricinoleico, princípio ativo dos laxantes.

Tive pouco tempo para ficar com raiva de Michele, meu intestino se agitou novamente. Corri para o banheiro e, naquela pausa forçada, transformei a ira por aquela vagabunda em motivação. Percebi que, mesmo cagando na privada, sentava-me num trono. Senti-me o rei da Comissão e de mim, responsável por uma missão maior do que todos nós.

De consciência e bunda limpas, voltei à lida científica. Coordenei os trabalhos até o meio da madrugada, quando alcançamos os quinze metros de profundidade. Ao final dos trabalhos, havíamos retirado quase duas piscinas olímpicas de terra. Aproveitamos menos de 1% disso nas 4.320 amostras. Cansado, fraco e com caganeira, fui dormir na Sala dos Pesquisadores, deixando para trás um buraco de 28 metros de diâmetro.

37 CAP.

As bruxas estavam soltas. Menos de quatro horas após me deitar, a aeronave de nossas experiências aterrissara num aeroporto próximo. No espelho do banheiro, mesmo desidratado pela diarreia, estava gordo e inchado. Fazia anos que não deixava a barba crescer tanto.

O Boeing C-767 2900 era da cor azul, muito parecido com o céu. Tinha 49 metros de comprimento, podendo transportar 271 passageiros ou 52 toneladas em peso. Sua decoração era mais modesta, tinha apenas *FORÇA AÉREA BRASILEIRA* escrita sobre as janelas e o código da aeronave no estabilizador vertical.

Comprado em 2016 por 20 milhões de dólares, suas missões iniciais foram nas Olimpíadas do Rio. Desde então, transformou-se em avião de carga, até o dia em que foi escolhido para realizar o primeiro voo de microgravidade da FAB. Enquanto o Brasil votava para o segundo turno das Eleições, nós começamos a montar os equipamentos.

Conforme o domingo foi acabando, as notícias davam a vitória da oposição para a Presidência e nos estados restantes. Com isso, o partido do Presidente em exercício amargava sua pior derrota desde a redemocratização. Em seu primeiro pronunciamento após a vitória, o

Presidente eleito prometeu austeridade com a Ciência e Tecnologia. A Futura Excelência foi enfática, prometeu cessar meus gastos.

No dia seguinte, Omar me pediu para intervir na sua situação com o banco. Desejava que minha importante presença fizesse pressão suficiente para os gerentes darem um jeitinho de conseguir as quantias que lhe foram prometidas. Fiquei sem graça de recusar. Quando entrei no Santana, e ele insistiu para que eu comesse romãs, separasse cinco sementes e as colocasse na carteira. Por via das dúvidas, ele guardou logo quinze, compensando a sorte para todas suas visitas ao banco desde que a peste começara. Eu fiquei extremamente incomodado ao me curvar sobre uma superstição tão baixa, mas aceitei colocá-las no bolso só para não fazer desfeita.

Chegamos ao banco e encontramos Fátima. Por causa de minha presença, não nos atendeu no balcão, levou-nos a uma mesa mais afastada.

"Fátima, é muito bom ver você trabalhando, seguindo com a vida", iniciou Omar. "Você sabe o que aconteceu com o Eugênio?"

"Nem fale desse cara", ela respondeu baixinho, como se não quisesse espalhar o assunto. "Ele foi demitido depois de empurrar *bitcoins* para os clientes. Dizem que ele tinha planos de sair do Brasil e viver como programador na Islândia."

"A vida é muito irônica, um imenso escárnio", encerrei o assunto. "Viemos aqui para retirar a primeira parcela do arrendamento, no valor de trinta mil reais."

"Eu sei o que vocês vieram buscar, mas não criem falsas expectativas, nada tenho a lhes entregar. O arrendamento está suspenso desde que a compra do sítio foi aprovada."

"E cadê minha grana da venda?", disse Omar.

"Seu processo está congelado, sem data prevista para aprovação."

Omar reclamou, como sempre, mas foi obrigado a aceitar a realidade. Quando voltávamos, maldisse a vida e acelerou muito. Queixava-se de estar amaldiçoado, como num feitiço.

De volta ao Boeing, trabalhei até tarde da noite, quando voltei à minha cobertura e encontrei Paola. Acabei encontrando no bolso de trás de uma calça as sementes de romã gosmentas e pegajosas. Sem pensar, joguei-as fora e Paola me advertiu. Disse que acreditava em superstições e que, além de tudo, estávamos no começo da madrugada do *Halloween*. Ela pegou sua bolsa e retirou um pequeno objeto, um *Tumi*, faca cerimonial dos Incas que, em tempos pós-colombianos, passou a significar boa sorte. Aproximou-se de mim e o colocou em meu bolso.

"*No creo en brujas, pero que las hay, las hay.*"

Bem cedo, eu e os Líderes de Pesquisa chegamos à Base Aérea de Santos que, ironicamente, ficava no Guarujá. O local foi inaugurado em 1922 e sempre fora voltado ao ensino de cadetes. A arquitetura guardava a história do país, com paredes brancas e detalhes azuis.

Fomos encaminhados para uma sala improvisada, na qual encontrei repórteres, autoridades e populares. Era um coquetel de início dos voos, na presença dos excelentíssimos Ministro Bagos e Ministro-Interino da Defesa, cujo nome não importa. Eles se vangloriavam de terem trazido as mais sofisticadas tecnologias para os trópicos.

Paola desfilava. Ela usava saltos altos e um longo vestido de tule, com uma transparência que realçava suas finas pernocas. Estava radiante, parecia mais bonita e feliz. Confiava no projeto e aproveitava a ocasião para se divertir, o que me encantava mais ainda. No meio do oceano de incertezas e desafios, fiquei feliz em saber que ela estava ao meu lado.

"A senhora está muito bonita, doutora Paola." Dei-me conta de que era a primeira vez que lhe chamava pelo título.

"Não diga isso, pois hoje eu acordei faceira."

Não tive tempo de flertar. Alguns jornalistas se aproximaram para me entrevistar. Após intermináveis trinta minutos, tirei uma foto com autoridades, como o Prefeito, que me prometeu o título de Cidadão Guarujaense caso eu curasse o Brasil da peste. Minutos depois, Mara me conduziu até a pista de decolagem e se despediu apertando minha mão, sem piscadela, como num deboche.

No início da escada do Boeing, oficiais nos aguardavam. Dentre eles, Marinheiro Pimenta que, oficialmente, trazia as batatas-sementes e, extraoficialmente, caixas de prometazina, que eu comprara por baixo dos panos da caserna. Peguei minhas pílulas, prestei continência e entrei. Em menos de um mês, esse era o terceiro avião em que entrava. O piloto me mostrou o *cockpit*, de aviônica moderna e assentos preparados para a microgravidade. Ele me explicou alguns mecanismos internos, principalmente o acelerômetro.

Segui até a cabine de passageiros, com fileiras de dois assentos nas laterais e três ao centro. A decoração era mais austera, a cor branca das instalações contrastava com o verde militar das 42 poltronas e do tapete. A cabine estava lotada, com muitos brasileiros e alguns franceses, que tinham experiência no voo.

Cumprimentei os militares um a um, pois seriam eles que fariam as operações logísticas de movimentação das amostras, montagem e desmontagem. Em poucos minutos, o Boeing começou a se posicionar para a decolagem. O piloto pediu que todos colocassem os cintos.

Diferente dos outros aviões, o Boeing não tinha Comissários de Bordo, nem luxos, e tive que engolir três prometazinas a seco. Senti um leve pânico, vontade de sair da aeronave, mas meu ímpeto científico me fez encarar meus medos. Segurei o *Tumi* de Paola e passei a manuseá-lo.

Sabia que a viagem seria difícil.

38 CAP.

Durante todo trajeto até o espaço aéreo do Vale eu suei frio. Tive a sensação de que a viagem demorou muito mais do que o costume. Quando nos aproximamos, o piloto deu o aviso para nos prepararmos na parte de trás do avião, onde estavam os equipamentos.

A cabine de trinta metros se estendia até o final. Era um amplo espaço com o piso acolchoado e sem janelas. Em cada lateral, havia duas longas fileiras de cubos de vinte centímetros de aresta preenchidos com as amostras do solo empesteado. No total, eram 240 aquários secos e hermeticamente fechados, à pressão de uma atmosfera e com um tubo que faria a irrigação do coquetel bioquímico.

Não havia janelas nem vento batendo em nossas faces. Caminhei pelo corredor e fiz as últimas inspeções, até chegar a uma alavanca. Esse aparelho ligava uma bomba de pressão que empurrava o coquetel que reativaria a memória bioquímica das amostras, através de um sistema análogo à irrigação por gotejamento. Minha missão durante a microgravidade era acionar a alavanca e, antes de voltarmos à normalidade, desativá-la.

O piloto anunciou o início da primeira parábola, o avião estabilizou-se a 7.300 metros de altitude e acelerou até mais de 1.000 km/h.

Uma campainha apitou e, conforme treinamos, deitamos todos no chão. O piloto começou a inclinar o bico do avião para subirmos a 45 graus, fazendo-me sentir uma forte pressão contra o solo, precisamente, uma força de 1,8 G, reação à inércia.

O avião começou a descrever a parábola, subiu quase três mil metros acelerando na inclinação até que, num determinado ponto, próximo a um sigma de distância do centro, o piloto começou a mágica da ciência. Ele cessou a aceleração, de forma que continuamos a subida desacelerada sob efeito apenas da gravidade.

Senti o peso que me prendia ao avião se esvair, minhas costas foram se desprendendo, o chão se afastou e comecei a flutuar. Uma leveza tomou conta de meu corpo e de meus sentidos, espécie de meditação sinestésica. Tentei me virar e com o cotovelo esquerdo toquei o solo. Pela lei da ação e reação, terceira lei de Newton, o solo empurrou meu corpo, que começou a girar em seu eixo longitudinal.

Completamente entregue à microgravidade, tentei estabilizar meu corpo, mexi as pernas e estiquei os braços. Apoiado no teto, consegui parar numa posição ereta, e vi que todas as pessoas também tentavam se acostumar ao efeito. Muitos vomitavam, outros riam e alguns choravam ao experimentar a órbita dentro da atmosfera.

Eu tinha uma missão, abaixar a alavanca para acionar a irrigação. Com muito custo, dei um impulso em sua direção e liguei. A bomba deu partida, um líquido preto percorreu a tubulação, gotejou dentro das amostras e eu levantei a alavanca. Fomos voltando ao prumo e perdendo velocidade naturalmente. Quando atingimos o topo da curva, estávamos a 10.300 metros e, literalmente, parados no ar.

Exclusivamente pela ação da gravidade, começamos a cair, com o avião se inclinando a 45° negativos. Tentar ficar de pé na microgravidade é mais difícil do que eu imaginava. O sangue se redistribuiu pelo corpo igualmente e, com isso, a pressão intracraniana aumentou, o que explica a forte dor de cabeça que passei a sentir após alguns segundos de excitação.

Permanecemos em queda livre quando o sinal tocou para nos deitarmos. O avião estava se aproximando da distância de um sigma do centro da curva de sino quando voltou a acelerar e aprumar, de modo que sentimos uma força de 1.8 G, até que a aeronave completasse a parábola e a sensação de gravidade voltasse ao normal, estabilizando-se a 7.300 metros de altitude.

Ao todo, foram 65 segundos de manobra, com meros 25 segundos em gravidade zero. Já estabilizados, nos cumprimentamos rapidamente e logo uma equipe foi recarregar a bomba de irrigação. Uma náusea cresceu dentro de mim de tal forma que comecei a perder o equilíbrio. Tomei mais duas prometazinas e, antes de me recompor, o piloto anunciou o procedimento de mais uma curva em microgravidade.

Passei por uma torturante jornada de trinta parábolas em três horas, somando pouco mais de doze minutos em microgravidade. Durante o período, minha dor de cabeça variava, enquanto meu enjoo só se intensificava. Perdi a conta de quantos comprimidos tomei.

No final da última parábola, estava com o corpo doendo, apesar da falta de estresse físico gravitacional. Quando o Boeing C-767 2900 estacionou em terra, com alguns combalidos e muitas manchas de vômito, uma enorme escotilha se abriu nos fundos. Rapidamente, um time de militares recolheu as amostras, enquanto outro trazia uma nova leva de aquários. No total, a operação contava com mais de 100 cadetes treinados para executar a tarefa com exatidão cronometrada.

As amostras foram levadas para o hangar ao lado, equipado com a grande estufa. Cambaleante, fui à tenda da reidratação da equipe e tomei um isotônico. Somente nesse momento pude relaxar e deixar a respiração estabilizar. De repente, meu estômago fervilhou e vomitei o líquido cítrico inteiro no chão.

Justificando uma Base Aérea próxima ao litoral, apenas seis minutos após aterrissarmos eu vi cortar o céu o Eurocopter EC725, helicóptero de transporte e combate franco-brasileiro. Ele estava de prontidão no navio Atlântico, fora da área da peste para nos trazer batatas-semente. Com pintura militar, a aeronave de quase 20 metros desceu e foi recebido por uma fila de soldados, na qual o primeiro pegava uma batata-semente e passava para o colega seguinte, fazendo com que o tubérculo-mãe chegasse ao hangar das estufas para ser plantado numa amostra de terra recondicionada.

O tempo de operação entre nossa aterrissagem e o término das plantações foi de apenas 23 minutos, um recorde na história mundial. Os soldados comemoraram. Eu fui até o helicóptero e cumprimentei Pimenta, parabenizando-o pelo feito. Mesmo com essa eficiência, algumas batatas-semente sumiram no meio da fila. Nas primeiras vezes, os soldados gritavam, mas foram repreendidos pelos superiores e passaram a sofrer em silêncio ao presenciarem o efeito da peste, a transformação inexplicável em sal.

Após o fim dessa atividade, fui verificar as estufas, que estavam todas a contento. Voltei à pista e tudo estava em ordem para repetirmos o voo, num total de três que faríamos ao longo do dia. O helicóptero já havia partido e toda a nova tripulação só estava me esperando. Respirei fundo, tomei dois comprimidos e caminhei até o Boeing.

39 CAP.

Fiz três voos diários nos cinco dias seguintes, na base de duas prometazinas a cada três horas. No total, fiz 18 voos, somando 3 horas e 45 minutos de gravidade zero. Foram dias em que fiquei em outra órbita, sem notícias do Vale ou do Brasil. Senti saudades de minha cobertura e, principalmente, de Paola. Toda vez que a campainha tocava, indicando mais um período de flutuação, eu apertava o *tumi* que ela me dera. Não sou religioso, mas o objeto me fazia sentir mais perto de seu corpo esguio e acolhedor.

No terceiro dia, já era hora de brotos aparecerem, mas nada acontecera. Fui até as amostras e afundei a mão numa delas. Procurei pela batata-semente, trazida de helicóptero e plantada dias antes, mas só encontrei sal refinado. Fiz o mesmo no aquário seguinte, com o mesmo resultado. Fiquei apreensivo, as experiências não estavam dando resultado. Eu tentei rever a fórmula do coquetel, fiz algumas alterações, mas nada adiantou. Fazíamos os voos e, quatro horas depois, constatávamos que tudo havia sido em vão, as batatas continuavam a sumir. Do respeito que tive nos primeiros dias, passei a ser alvo de piadas. As pesquisas viraram escárnio nacional e alguns soldados pediram transferência.

No último dia, todos nós estávamos desmotivados. Eu havia ganhado sete quilos de massa corporal, algumas espinhas explodiram em minha face e minha boca se encheu de aftas, com a gengiva sensível e seca. Só pensava em terminar aquilo e voltar ao Vale. Sabia que todo meu trabalho estava errado, mas não tinha condições de pensar em novas soluções. Acabado, cansado física e emocionalmente, contava as horas para poder comer Paola novamente.

Às dezoito horas, fiz o derradeiro teste e constatei que a peste continuava viva, a zombar de nossas caras e a desafiar a ciência. A notícia de minha falha já havia chegado ao Ministro Bagos e ao Presidente Vlad da Silva, que não quiseram atender minhas ligações. Teríamos um encontro nos próximos dias, no qual certamente seria execrado.

Sem jantar nem banho, fui ao alojamento e deitei-me. Acordei ao meio-dia com a corneta oficial anunciando o almoço. Logo que desci ao chão, já paramentado com uma calça de moletom e uma camiseta branca, fui comer alguma coisa sólida. Minhas calças estavam apertadas, quase não entrava no cavalo.

Em seguida, fui às estufas verificar as últimas amostras. Sem surpresas, constatei que 100% das batatas-semente transformaram-se em cloreto de sódio. Naquela tarde, redigi o relatório final por pura formalidade, o resultado já estava cristalizado, sem conotações.

Imprimi o documento e o assinei, selando meu nome na galeria das grandes decepções humanas. Por um momento, pensei em me antecipar à humilhação e pedir demissão da Presidência da Comissão, mas mantive-me. Sabia que cargos são passageiros, mas minha missão de curar a peste e provar minha tese não. Eu fizera uma promessa, mesmo com náuseas e dores nas costas, seguiria em frente.

Pouco antes do sol começar a se por, dei por encerrada minha estada na Base de Santos. Antes de embarcar para o Vale, peguei os documentos finais e me despedi de alguns oficiais, dentre eles meu fiel companheiro

Marinheiro Pimenta. Durante o voo, ninguém conversou comigo nem olhou diretamente para meus olhos.

Senti-me um condenado à morte pensando na última refeição antes de pegar o corredor. Fiquei a refletir no que eu gostaria de comer naquele momento, quando começamos a aterrissar e pude ver Paola ao lado do heliporto. Passava das 21 horas e ela estava me esperando toda de preto, uma meia calça cobria suas pernas finas e destacava o contraste com os grandes sapatos de salto, uns dois números acima do necessário. Tentei beijá-la na boca mas, no calor da emoção, ela virou o rosto.

"Estou pensando em convidar a doutora para uma noite em minha cobertura", disse.

"*Entonces...*", e sorriu de forma envergonhada. "Antes de você convidar a doutora aqui, preciso lhe dizer *una cosita.*"

Paola olhou nos meus olhos. "Naquele dia, na Base Aérea, depois que você foi embora, eu fiquei na Sala de Imprensa. Daí, eu bebi um pouco de champanhe e comecei a conversar com umas pessoas. Acho que bebi demais, quando percebi, tinha perdido o voo de volta para cá."

"Como você conseguiu perder o voo para o Vale? Você não reparou que os líderes estavam indo embora? A Mara não a chamou?"

"Não sei, só sei que, além de mim, restou na sala o Ministro Bagos. Ele me deu uma carona até aqui, no jatinho particular dele. No caminho, ficamos a *lorear*", e abaixou a cabeça, fazendo um olhar submisso e charmoso.

"O que significa *lorear*?"

"Conversar, ficar de papo. Só que, no final do voo, quando a gente aterrissou, a gente tinha conversado muito, de vários assuntos, e daí rolou um beijo."

"O quê? Um beijo?" Uma faca dilacerante rompeu meu peito, abrindo meu coração e meu ego. "Como assim?"

"Aconteceu só um beijo no final, sei lá o porquê, assim como já aconteceu com você de forma até mais intensa."

Minha dignidade e autoestima terminaram de se esvair em sal, como uma batata, e deixou um azedume intragável nas minhas entranhas. Senti-me humilhado, rejeitado e desprezado por aquela mulher que preferiu um filho da puta casado, corrupto e obeso. Imaginei-me arremessando o *tumi* que ela me dera, cavalo de troia andino que só me fez viver uma ilusão.

Ao mesmo tempo, eu olhava seus lábios, seu sorriso, e sentia uma vontade incontrolável de beijá-la. Percebi que clareara os cabelos, deixando-a mais sensual. Com o ego destruído, resolvi que não perderia seu amor para o Ministro.

"Mesmo assim quero chamar a doutora. Paola, vamos à minha cobertura?"

"Não posso...", fingiu aborrecimento. "O Ministro Bagos virá me buscar, nós vamos ao teatro em Brasília. Desculpe, estou muito abalada. Quero esquecer o fracasso que tivemos e, ficando junto a você, as lembranças tardarão a sumir."

Tentei argumentar, mas não adiantou. Percebi que estava fazendo um papelão, comportando-me como um adolescente imaturo. Um barulho de helicóptero tomou conta do ambiente, era o ministro chegando. Sem estômago para vê-lo, decidi partir logo.

40 CAP.

Voltei para casa cabisbaixo, gordo, nauseado, de boca seca e sentindo-me traído. Só de imaginar os dois juntos já ficava aborrecido e era tomado de raiva. Apesar de estar cansadíssimo, o enjoo permanente que acometera meu corpo não me deixou dormir. Só fui cochilar quando o sol ameaçava nascer, depois de algumas doses de uísque e prometazina.

Durante a manhã de sono, acordei algumas vezes com a sensação de queda livre. Até pensar doía, pois meu fluxo inconsciente pendulava entre o fracasso de minhas pesquisas e o tapa na cara de Paola. No meio da tarde, embriagado e depressivo, fui até meu orquidário.

A vista de todo o Vale das Batatas estava totalmente desconfigurada, novas linhas começavam a formar um novo mosaico. Aos frangalhos, as famílias tiveram que se virar, muitos agricultores já colhiam as primeiras cenouras, mandiocas e beterrabas. Com essa produção extra, seus preços caíram, dificultando a vida dos novos entrantes, mas aliviando o bolso do contribuinte.

Os pacotes de turismo para Argentina e Uruguai explodiram em vendas. O apelo de comer uma deliciosa carne com batatas seduzia a família brasileira, fazendo de Montevidéu a nova Miami. A indústria de Cruzeiros também faturava, oferecendo pacotes em alto-mar com muita animação e tubérculos. Muitos iate-clubes também faziam viagens para turmas menores, um serviço voltado a eventos corporativos, como integrações, festas de confraternização e premiações, algo que jamais receberia na Comissão.

Estava desanimado para a reunião final sobre os voos antigravidade. Tomei meu primeiro banho numa semana, até para tirar um pouco de minha embriaguez. No CEAES, muitos cientistas me receberam de braços abertos. Pude sentir o acolhimento e o sentimento de união que se criou em torno de mim. Como sempre, havia aquelas pessoas que duvidavam de minhas ideias e tinham no meu fracasso o álibi perfeito para destilar sua inveja e desdém. Fui à casa de Omar, nos abraçamos e choramos antes de entrar.

"Eu comecei a plantar cenoura", Omar me disse.

"Que maravilha, você tem que se virar enquanto a grana não vem."

"Eu fiz uma dívida com o delegado Brandão, em quatro meses começo a quitar."

"Você tentou falar com a Fátima? Talvez ela consiga um empréstimo pessoal."

"Tô cansado de banco, doutor", e brindamos com as canecas de café. "Falando na Fátima, tá sabendo do bazar?"

"Não."

"A Rosa vai fazer um bazar segunda que vem, na casa da Fátima, pra arrecadar um dinheiro pra família, coitada."

"Segunda que vem começa a Batata *Showroom*, não é?"

Ele afirmou com a cabeça. "O pessoal da resenha tá combinando de fazer um protesto, aproveitar que o Presidente vai tá lá e exigir alguma mudança."

"Você vai?"

"Eu vou, mas...", e se serviu de outra xícara. "Eu não acho que vai dar em alguma coisa. Eles vão protestar e pedir greve geral até o fim da peste. Se quiser ir, tá convidado."

"Não irei, obrigado", e também me servi. "Tecnicamente, ele ainda é meu chefe. O responsável imediato pela peste sou eu."

A hora da reunião se aproximava, me despedi e fui à Sala dos Pesquisadores. Para minha surpresa, haviam comprado a mesa que eu pedira. Muito melhor do que a antiga, a nova era retangular, com o dobro de lugares e ocupando quase todo o comprimento da sala. Até uma fotografia do navio Atlântico foi posta na parede.

No fundo da sala, na ponta da mesa, dr. Arzt estava com os braços apoiados, firmando-se e marcando território. Ao seu lado direito, Paola, que fiz questão de não cumprimentar e não olhar nos olhos. Ao lado esquerdo, os demais Líderes.

"Senhores, boa noite", e abri as mãos, como que já me desculpando. "É desnecessário entrar nos detalhes sórdidos. Sem mais para o momento, oficializo que, nas pesquisas em microgravidade, todas as batatas-semente se transformaram em sal refinado."

"Será o fim da Comissão?", perguntou Edilson. "O governo não pode nos demitir assim, sem direitos trabalhistas."

Dr. Arzt se levantou e disse "Ninguém aqui vai ser demitido." Ele abriu uma antiquada mala preta e de lá tirou cópias de um documento. Era um artigo científico, em inglês, o qual tratava do empedramento, doença que endurecia a polpa da batata, dando-a um aspecto vitrificado e textura de cristal.

"Vou ser capa da *Potato Weekly*", doutor Arzt bateu na mesa com orgulho.

"Você descobriu o vírus do empedramento? Parabéns!", Mourão o abraçou. Ele sabia que era uma grande conquista para a ciência, essa patologia era um mistério indecifrável há séculos, nunca o vírus fora identificado.

"Vocês ficaram tão preocupados com a batata-semente e em brincar de aviãozinho que eu resolvi utilizar os aparelhos ociosos em minhas pesquisas particulares", disse o doutor Arzt. "Vou batizá-lo de *Leslie Arzt Virus* – LAV."

Tentei disfarçar minha cara boquiaberta e enfurecida, anteparo para o vulcão de inveja e ódio que explodiu dentro de mim. Observando meu espanto pela serendipidade, Paola resolveu atingir meu ego. "Conte mais sobre sua descoberta, dr. Arzt."

"Eu descobri o ciclo de vida e a síntese proteica do LAV, ele é da família *Potyviridae*, gênero *Rymovirus*. Faz parte do grupo (+)ssRNA, ou seja, seu RNA é de cadeia simples e senso positivo."

Todos ficaram impressionados e dr. Arzt olhou nos meus olhos pela primeira vez na reunião. "O senhor deveria ter se atentado a isso, doutor Jameson", e inclinou-se na cadeira. "Você focou muito no DNA, mas será que pensou no RNA? Eu pensei..."

"Parabéns, dr. Arzt", respondi. "Fico feliz por você ter alcançado o maior feito de sua carreira, nomeou um vírus, e daí? Eu ainda estou na corrida, a cura da peste será muito maior e mais gloriosa."

"Conte-me outra!", ele forçou uma risada alta. "Você sabe que será demitido amanhã, falhou miseravelmente em tudo o que se propôs a realizar. Por isso, estou cotado para virar o Presidente da Comissão."

O filho da puta estava certo.

"Você não tem capacidade de ir além, não sabe diferenciar o Átomo de Bohr do Mágico de Oz. Você é uma piada."

"Doutor Jameson, lembre-se de que sou o único cientista que descobriu alguma merda aqui nesse fim de mundo."

"E qual sua brilhante ideia para a peste?"

"Dinamites...", e deu uma risadinha de canto. "Eu tenho experiência no manuseio e no uso daquelas belezinhas. Quero descobrir como as explosões impactam o gravitropismo, afinal, o *Big Bang* foi uma grande explosão."

"Doutor Arzt, eu só desejo que você se exploda com seus dinamites."

Ele continuou com seu sorriso irônico e irritante. Olhou para o relógio fingindo pressa. "Acredito que nossa reunião tenha acabado, não é, atual Presidente?"

Meu corpo ficou imóvel, minha face sem expressão. Ele se levantou e foi embora, seguido por Mourão, Calazans e Paixão. Na certa, os puxa-sacos estariam na futura equipe. Ficamos eu e Paola, estáticos.

"Você vai se encontrar com o Bagos?", perguntei finalmente.

"Isso importa? Você não pareceu preocupado agora pouco ao me ignorar."

"Por acaso você pensou em mim quando saiu com o Bagos? Paola, ele é casado, tem família..."

"Eu sei, o Ministro foi uma aventura que, assim como a nossa, começou e terminou. Desculpe se feri seus sentimentos."

"Não sei se acredito, você parecia muito apaixonada ontem..."

"Dr. Jameson, vou voltar para o Peru", afastou a cadeira e se sentou virada para mim. "Essa ideia de usar dinamites é ridícula, vou sair da Comissão antes que ela vire piada internacional. Quero voltar para perto de *mi mamá*."

Respirei fundo e senti falta de uma dose de *Pisco Porton*. Ela estava com uma saia bem mais curta do que o decoro mandava. Suas coxas, seus joelhos ralados, tudo nela me encantava. Paola percebeu o olhar de desejo e ergueu minha cabeça delicadamente.

"E você, o que vai fazer?", perguntou.

"Vou dar um jeito de continuar minha busca pela cura. Eu só tenho cabeça para pensar na peste. E em você, claro..."

Ela deu uma risadinha fraternal, beijou-me a testa e saiu da sala. Fiquei na companhia da mesa gigante e da fotografia emoldurada de um tempo que não voltaria nunca mais.

41 CAP.

No jatinho de ida para Brasília, eu estava de ressaca, bebera muito na noite anterior. Minha cabeça doía, mais espinhas surgiram e alguns cabelos começaram a cair. Chegamos ao Aeroporto JK e logo partimos para o Palácio. Pelo lado de fora, um funcionário me acompanhou até os fundos da residência. Como cenário, a Lagoa do Jaburu nos recebia, seguida pela vegetação rasteira do imenso planalto. Passamos pela piscina, de águas azuis e cristalinas. Seu formato era quase oval, um design retrô de Athos Bulcão.

Entramos num amplo espaço, um vão livre em todo seu lado esquerdo, por onde entrava a luz natural e o cantar dos pássaros. À direita, um imenso mural de mármore branco e preto, mesma identidade da piscina. A cobertura tinha uma entrada central no teto, que destacava a escultura *Leda e o Cisne*, de Alfredo Ceschiatti.

Cruzamos o pátio até uma mesa afastada, de tonalidade preta. Amélia estava sentada, num vestido feminino e pudico. Seus cabelos formavam uma longa trança, que caíam para a frente de seu ombro nu. Ao seu lado, o Ministro Bagos, gordamente, preenchia seu terno. Ele não estava para cerimônias.

"Bom, acho que você sabe o porquê está aqui".

"Sei sim", olhei para baixo.

"Jameson, eu o admiro. Você tentou, pode ter errado, porém valeu a tentativa. Nem todo mundo é um gênio. Mas quero lhe lembrar de que Brasília não perdoa quem erra."

Eu apenas cerrei os lábios, não havia o que falar e Amélia tomou a palavra. "Na sua tese as batatas viram açúcar, na peste viram sal. Você nunca chegou a pensar que essa é uma diferença grande demais para ser ignorada?"

"Será que de uma batata-doce nasce o sal rosa do Himalaia?", ironizou Maldos, que riu alto, mostrando seus dentes grandes repletos de cáries preenchidas e enxertos gengivais.

"Você parece muito tranquilo. No começo da peste, estava preocupadíssimo com os prejuízos nas suas fazendas", resolvi atacar.

"Jameson, daqui menos de dois meses vou deixar o Ministério. Entretanto, fui reeleito deputado, um cargo mais *light*, vou poder descansar um pouco, passar um tempo nas minhas fazendas, com minha família... vou para Mykonos também."

"Se todo mundo tratasse a peste com seu desleixo ela continuaria para sempre."

"Isso é um problema para a situação. Além do que, não seja ingênuo, estou plantando mandioca. Pelo tamanho das minhas terras, sou o maior produtor do mundo e já estou com a safra quase toda vendida." Bateu no meu braço. "O meu destino eu já sei, quero saber do seu."

Eu não conseguia acreditar que aquele filho da puta, que beijara minha Paola, estava querendo me dar uma lição de vida.

"Da minha parte, farei o necessário para encontrar a cura da peste."

"Você já teve sua chance, desista."

Nesse momento, Vlad saiu de casa e andou em nossa direção. Sentou-se à minha frente sem me estender a mão e falou.

"Antes de começarmos, quero dizer que teremos uma conversa de homem", e se virou para sua esposa. "Amélia, querida, você não precisa se aborrecer com esses assuntos, talvez nós usemos termos inapropriados para uma mulher de seu nível. Você poderia nos dar licença? Prometo que serei breve."

Amélia se levantou e, sem olhar na minha cara, fez um contido carinho no marido e retornou ao interior da casa, esvoaçante e leve como uma pluma. Enquanto ela andava, ficamos em silêncio, que só foi quebrado pelo Presidente com o fechar da porta de correr.

"Eu fiz a conta, em dois meses gastamos mais do que o orçamento anual de Ciência e Tecnologia. E você não conseguiu nada, sr. Jameson! Faço questão de chamá-lo de senhor, pois o título de doutor provou-se estar além de suas capacidades."

"Presidente, eu posso explicar..."

"Seu tempo de se explicar acabou. O senhor é um saberete, um presbiofrênico contumaz que vive no mundo da lua. Eu confiei em você, cheguei ao ponto de agir anticonstitucionalissimamente pelo bem da Comissão. Entretanto, o senhor me decepcionou, encheu-me de ilações e agora estamos pagando pato e engolindo sapos."

"Talvez possamos tentar outras abordagens..."

"Sem mais", cortou-me oficialmente. "Lembro de quando o senhor justificou seu fracasso com o álibi de ter, ao menos, excluído hipóteses", e encarou-me. "Hoje, a hipótese que eu excluo é o senhor."

"Você esteve errado o tempo todo, simples assim. É comum na ciência, você supera", Maldos tentou me devolver certa esperança, mas eu só tinha esperança de dar-lhe uma bofetada.

"O novo Presidente da Comissão será o Dr. Arzt?", perguntei masoquistamente.

"Não posso tratar de assuntos confidenciais com o senhor", respondeu o velho.

"Inclusive, eu consegui uma linha de crédito especial com a *Black Rock Dynamite*, cujos acionistas, coincidentemente, fizeram doações à minha campanha", disse Bagos.

"Doutor Jameson, seu trabalho para nossa República está encerrado", falou Vlad. "Demiti-lo-ei no próximo Diário Oficial, tudo de acordo com a Consolidação das Leis Trabalhistas, que modernizamos recentemente."

"Uma última coisa, Jameson", prosseguiu o Ministro. "Como você não é mais o Presidente da Comissão, meu jatinho não está mais à sua disposição. Sucesso na vida."

Os dois se levantaram e me cumprimentaram com frieza. Logo um funcionário veio me buscar e me levar até a saída. Sozinho no cerrado do Planalto Central, caminhei bastante até encontrar um ponto de táxi. Sem jatinho para minha volta, pedi que fosse levado até a Rodoviária de Brasília.

Antes da saída do ônibus convencional, pedi na lanchonete uma pinga com limão, que ajudou a empurrar dois comprimidos goela abaixo. Dormi profundamente na viagem e cheguei ao Vale no começo da noite, sem sono e com vontade de beber. Senti-me livre, apesar de totalmente sem rumo.

42 CAP.

Fui ganchado da cama pelo estridente interfone de meu apartamento. Era Omar, convidando-me para o protesto na Batata *Showroom*. Avisei que desceria em dez minutos, precisava voltar ao mundo árido após passar três dias trancado, tentando dormir para cessar os pensamentos rasteiros sobre a tontura de minha existência e a tortura de meu coração. Entretanto, as únicas coisas que consegui foram matar minhas orquídeas de sede e regar meu íntimo com muito álcool e masturbação.

"Seus olhos tão amarelos", disse-me Omar, quando entrei no Santana. No banco de trás estavam apertadas Rosa, Wanda e as Marias. Elas seriam deixadas no bazar em prol de Fátima.

"Olho amarelo é coisa de coruja cagona", alertou Wanda no alto de sua sutileza.

Pelo retrovisor lateral, assustei-me com o que vi. Debaixo de minha barba, minha pele estava cheia de espinhas, amarela como uma batata. Sabia o que aquilo significava, eu sobrecarregara meu fígado com os anti-histamínicos contra o enjoo do mar. Meu órgão, tal qual um náufrago, lançara no oceano de minha corrente sanguínea garrafas cheias de mensagens e bilirrubina.

Não pude deixar de reparar na superfície metalizada do retrovisor, limpa e reflexiva. Todo o carro era impecável, e fiquei a admirar aquela máquina. Por dentro, ela era macia e cheirosa como uma orquídea jovem e bem cuidada. Sua delicadeza terminava aí. Por fora, a joia da família era um diamante imponente e robusto.

Estávamos muito atrasados para os compromissos. Mesmo assim, em nenhum instante Omar mostrou pressa e afobação. Deixamos as mulheres no bazar e partimos em direção à feira. De longe, pudemos ver que o evento era mesmo gigante. Percorremos na estrada quase um quilômetro de tratores, colheitadeiras computadorizadas e estandes com o que há de melhor na tecnologia *agrobusiness.*

Em seguida, passamos pelo CDT e estacionamos longe das vagas habituais. Aborrecidos, caminhamos sob sol a pino, ardendo a testa até colocar os pés no galpão. Para a abertura da feira, foram colocadas cadeiras plásticas em frente a um palco armado, transformando o lugar num auditório.

Nem o calor nem a peste haviam estragado a agitação dos agricultores. Era uma multidão que se acotovelava no galpão, espremida e exaltada. A massa portava faixas de reivindicações, uma grande imagem de Agenor foi estendida com a palavra Vergonha destacada. Sem se importarem com o período matutino, muitos matavam a sede na cachaça e fome no pão com pernil.

O movimento tectônico das pessoas nos levou até o meio do CDT, o que considerei ótimo. Apesar do aperto sufocante, estava nem tão longe que não pudesse ver a cara dos canalhas e nem tão perto que fosse reconhecido.

Logo as palavras de ordem começaram. "Chega de corrupção", De quem é a culpa da peste?", "O povo não é bobo", "Vai Curinthia!", gritávamos. Definitivamente, os agricultores não estavam dispostos a protestar pacificamente. A regra era gritarem de maneira inflamada, num patriotismo catártico. A animosidade estava alta, executaram o Hino Nacional *a capella* e, por duas vezes, lançaram fogos de artifício dentro do galpão.

No meio do empurra-empurra, houve uma movimentação no palco. Alguns homens de preto apareceram até que uma voz desconhecida anunciou, nos alto-falantes, a abertura da Batata *Showroom*, com apresentação de Maurício Mattar.

Como eu queria, te encontrar, mais uma vez...

As músicas não eram ouvidas e os gritos de ordem continuavam. Houve um burburinho no fim do corredor lateral. Era a chegada do Presidente. Cadeiras foram arremessadas em direção à comitiva e os policiais reagiram com cacetadas. Sem clima para músicas de amor, o show foi encerrado e o palco se encheu de pessoas do *staff* oficial. Dentre dezenas de desconhecidos, pude identificar Mara, de calça *jeans* apertada e camiseta branca.

Como num show de *rock*, o público colérico fez com que me perdesse de Omar. Estava começando a achar aquilo tudo muito desagradável, odiava estar dentro de multidões. Foi quando uma fenda se abriu na parede de assessores, seguranças e correligionários e dela saiu o Excelentíssimo Senhor Presidente José Vlad da Silva. As vaias varreram o galpão, fazendo tremer as telhas de amianto antes do discurso.

43 CAP.

"Ilustres produtores do Vale das Batatas, muito bom dia", iniciou o Presidente. "Sei que o momento é de apreensão, algo natural, mas juntos venceremos a peste e retornaremos ao caminho do progresso."

"Filho da puta!", gritei.

"Não podemos deixar que todo o trabalho da Comissão de Urgências Tuberculares se torne inútil logo nos primeiros desafios. É característica do brasileiro a resiliência, a garra e a esperança inabalável de um futuro mais promissor."

"Desgraçado filho da puta!"

"Posso assegurar-lhes que avançamos muito, principalmente na exclusão de falsas hipóteses", entrelaçou suas mãos. "É o momento de darmos o próximo passo. Portanto, o Governo, com o apoio decidido do Congresso, criará a Secretaria das Batatas, subordinada ao Ministério da Agricultura, Pecuária e Abastecimento."

O público estava alheio a qualquer palavra oficial. Os gritos de ordem e as ofensas brotavam ao humor das pessoas.

"O novo Secretário das Batatas é o doutor Leslie Arzt, célebre infectologista que obteve resultados impressionantes na primeira etapa. Ele gostaria de estar aqui, mas já começou seus trabalhos no transporte das dinamites."

Mara parecia desconfortável. Estática em posição militar, suas mãos para trás realçavam seus fartos seios que se avolumavam e levantavam, suavemente, a base de sua camiseta.

“Nós não podemos jogar no lixo da história tanto trabalho feito em prol do país. Portanto, o Centro de Estudos Avançados Esteves Salgado será transformado em instalação permanente, sob tutela da Universidade de Brasília. Desde o início da peste, nossa postura foi, exata e precisamente, alinhada aos interesses dos bataticultores, que não ficaram desamparados. Instituímos o Bolsa Batata, que permite às famílias necessitadas os gêneros mínimos de uma vida digna.”

Depois de muito xingar o Presidente, meu enjoo companheiro voltou. Tomei prometazina e desejei uma cachaça para acompanhar.

“Os necessários impostos adicionais são extraordinários e provisórios. Dessa maneira, dou permissão aos estados compensarem seus prejuízos com a peste através do aumento de até 6% do ICMS.”

As vaias se fortaleceram. “Fora, Vlad! Fora, Vlad!”, gritavam todos em uníssono, sem se importarem com o fato de que o Presidente sairia em dois meses. Em cima do palco, a legião de aspones demonstrava muito medo, pedindo até reforço na segurança.

“É com alegria cívica que afirmo: não renunciarei! Repito, não renunciarei! Sei o que fiz e sei da correção de meus atos em relação à peste. E afirmo, é justamente por esse ambiente de polarização e falta de diálogo que eu decreto agora a Intervenção Militar no Vale das Batatas. Boa Feira a todos.”

Da mesma forma que surgira da fenda humana, o Presidente voltou-se para a parede e sumiu. O calor, a multidão espremida e os gritos fizeram-me cansar rapidamente daquele ritual. Vi que o ministro Bagos pegou o microfone. Eu não aguentaria ouvi-lo e decidi ir embora. Na base de empurrões e cotoveladas, consegui me desvencilhar e sair daquele ambiente claustrofóbico.

Comprei minha cachaça e tomei mais dois comprimidos. Trôpego, fui caminhando sob o sol escaldante até o Santana. Quando cheguei ao carro, meu copo já estava vazio. Para minha surpresa, Omar também havia saído do CDT e buscado refúgio dentro do carro.

"Perdeu alguma coisa?", perguntou.

"Muitas coisas."

"Então entra no carro, faço isso sempre que tenho que resolver um problema."

"Perdi a chance de entrar para a história como um grande cientista. Em outras palavras, tomei no meio do meu cu", resmunguei no Santana.

"Pelo menos você não perdeu um sítio nem se afundou em dívidas. Você confiou em gente errada, que nem o Presidente", enfiou a chave na ignição.

"Aquele Vlad é um filho da puta, isso é evidente em cada pequeno gesto daquele velho decrépito, nas palavras, na impostação de voz..."

"Impostação de voz? Tá falando que nem no livro que você me emprestou."

"Feliz Ano Novo? É um dos meus preferidos."

"Eu não entendo muito de livros, mas esse me deu várias ideias." Omar engatou a marcha e começou a dirigir bem devagar. "Eu sempre ouvi dizer que Deus fecha uma porta e abre duas. Sinto que você tá próximo de encontrar a cura."

"Eu já tentei de tudo, estudei estatocitos, densidades, gravidades, o caralho, mas nada disso mostrou ter relação com a peste."

"Você já tentou cortar o mal pela raiz?"

44 CAP.

Sem esperar minha resposta, Omar começou a acelerar o Santana. O CDT passou rápido a nossa direita e, em seguida, percorremos em alta velocidade a imensidão da feira. Pela inércia, fui jogado para trás e senti a maciez do banco de couro. Com dificuldade, afivelei o cinto de segurança e tomei meus últimos comprimidos.

"Meu Pronaf nunca saiu, minha Bolsa Batata nunca saiu, meu arrendamento nunca saiu, o dinheiro da venda não vai sair e eu ainda perdi metade do sítio que meu pai se esforçou tanto pra conseguir."

"Na verdade, é um terço..."

Assim como o Brasil, Omar virou bruscamente à direita, deslizando os pneus e levantando poeira. Percorremos uma reta de 180 metros e, novamente, viramos à direita, sempre bordeando os estandes. Omar continuava a reclamar de maneira redundante, deixou o turbilhão de sentimentos se agitar dentro de si e descarregava sua fúria no acelerador.

No final da grande reta chegamos a 200 km/h. Seria uma direção perigosa se Omar não tivesse perícia. Após o final da feira, passamos pelos fundos do CDT, lugar vigiado por seguranças, e viramos para as docas leste. Embriagado pela pinga e pela adrenalina, abri a janela e gritei o mais alto que pude. Omar me olhou com certa excitação, fissurado pela velocidade e cego de raiva.

"AAHHH!", gritou também.

Passamos os dois a gritar de modo animalesco, sem julgamentos nem significações, com o vento cortando nosso rosto. Perdi as contas de quantas voltas demos, quebrando recordes de velocidade em ritmo de aventura. Foi quando Omar tornou o volante para o início da reta oposta. A um quilômetro, vi uma movimentação no horizonte. O Santana prosseguiu na aceleração até que pudéssemos ver com mais nitidez seguranças apontando para um carro preto do outro lado da estrada.

Então, pela porta dos fundos do CDT, saiu caqueticamente o Presidente da República liderando a comitiva com Mara, seus dois peitos, assessores e guarda-costas. Olhei para Omar e ele confirmou com a cabeça. Faltando 100 metros, os seguranças se colocaram no meio da via, exigindo de armas empunhadas a parada de nosso veículo.

Indiferente aos alertas, o Santana continuou em alta velocidade. Faltando 30 metros, os tiros começaram. Como quem se preparara a vida inteira por aquele momento, Omar abaixou a cabeça e manteve o pé no acelerador. Observando tudo para futuro relatório, notei quando o Presidente tomou uma péssima decisão. Amedrontado, no meio da pista e a poucos metros de distância, o rei decidiu dar meia volta, surpreendendo sua comitiva e deixando-o desprotegido.

Xeque-mate.

Pensei rápido e puxei o volante, mirando o Santana direto para o Presidente. Acertamos a bacia oficial lateralmente, fazendo o ílio direito explodir, separando corpo e asa, bem como seu fêmur. Pude ouvir o estalar de cada osso, o romper dos tendões, o estiramento dos músculos. Atingimos também mais dois seguranças, um assessor e um peito. O retrovisor cromado com tanto esmero se estraçalhou e encheu minha cara de vidro e sangue.

Trepidamos com gosto pelo corpo oficial definitivamente inerte. Não pude me regozijar muito, o Santana estava prestes a bater contra o CDT. "Omar!", gritei e empurrei o volante para a esquerda. Consegui evitar uma batida maior, mas ralei toda a lateral, pintando a parede de vermelho. O piloto retomou o controle da direção e passou a correr num ziguezague para tentar fugir das balas que continuavam a nos alvejar. Foi quando olhei para trás e avistei uma multidão se formando em volta dos corpos que plantamos na estrada.

Omar estava frenético, com o corpo tenso e inclinado em cima do volante. Ele não aliviava o acelerador, estávamos em fuga, o carro oficial nos perseguia e atirava em nós. Dirigimos por alguns minutos pela estrada, sempre correndo, mesmo com tantas avarias.

Conhecedor do território, Omar entrou com o Santana em alguns sítios, pegando atalhos entre cercas até despistar os seguranças. O Vale estava deserto, o que facilitou nosso caminho de volta, livres de obstáculos e de perseguidores. Mantivemos a velocidade até certo ponto, mas o carro passou a não corresponder. Bem mais devagar e silencioso, o Santana entrou no sítio por uma porteira lateral, recém-criada para separar a casa do CEAES.

Fomos direto para a garagem e estacionamos. Aproveitamos em silêncio o frescor de estarmos na sombra. Forcei algumas vezes minha desalinhada porta e consegui sair do carro para averiguarmos os estragos. O Santana estava com um pneu quase vazio, várias marcas de tiros pela estrutura e um enorme amassado mais ao centro, do qual escorria sangue oficial e cheiro de enxofre. A lateral direita estava em frangalhos, toda amassada, sem retrovisor e com um pedaço de pano arrancado da camiseta de Mara.

"O que a gente vai fazer agora?", Omar perguntou.

"Eu dei minha cartada final e vou esperar pela justiça dos homens."

"Não quero ver a decepção de minha família, só me resta a Justiça de Deus."

"Cada um com sua instância", respondi e o abracei. "Vou ajudar nesse último desejo."

"Você é um Santo sem Deus, doutor", e me abraçou.

O CEAES estava sem ninguém de minha ex-equipe. Na Sala dos Pesquisadores, vesti meu uniforme de proteção contra abelhas, um macacão que me cobria todo o corpo, botas e uma viseira telada. Conduzi Omar até a Área Botânica e passamos pelos quadrados que outrora alimentaram nossas esperanças.

Nós nos dirigimos aos fundos, local das colmeias. Abri a primeira caixa e retirei uma melgueira cheia de machos prontos a adorar a Rainha com suas efêmeras vidas. O agricultor tirou a camisa e comecei a passar a colmeia no seu torso nu.

Rapidamente, pude perceber que sua respiração começou a ficar mais pesada e seus lábios incharam. Apesar do sofrimento das picadas, Omar estava sério e decidido. Tive que lançar muita fumaça nas abelhas africanas para que ficassem atordoadas. Abracei Omar lateralmente e o carreguei até a saída do galpão.

À luz do sol, era possível ver várias picadas. Alguns zangões ainda estavam conectados aos ferrões e se contorciam sobre a pele antes do destacamento final. Senti que seus músculos se contraíam aleatoriamente e suas mãos latejavam. Cambaleante e aferroado, Omar se benzeu quando chegamos na caviúna do cerrado e caiu de joelhos.

Retirei meu capuz e ajudei meu amigo a deitar com dignidade. Seu corpo estava quase sem sustentação. Sentei-me ao seu lado à espera dos policiais que viriam ao meu encontro. Acompanhava de perto os últimos momentos de Omar quando, na iminência de seu último sopro, olhou de lado e balançou alguns dedos. Levantei sua mão e vi uma pequena saliência nascer na terra.

Era um broto de batata.

POSFÁCIO

ABSURDOS REAIS

POR RICARDO BONACORCI

Paulo Sousa acerta em cheio ao fazer de seu romance de estreia uma sátira do Brasil contemporâneo. Como reza a cartilha do bom texto satírico, *A Peste das Batatas* coloca o dedo nas feridas sociais e aponta os absurdos da realidade da política nacional. E o tom crítico de sua narrativa vem acompanhado de uma combinação quase sempre infalível: bom humor, intertextualidade literária e reflexões acuradas sobre os meandros da vida cotidiana dos brasileiros.

Para começo de conversa, é impossível não dar boas risadas com os dramas genuínos de Omar Salgado, do Doutor Jameson Playfair Lindley e dos demais habitantes do fictício Vale das Batatas. Através do deboche, da ironia, do sarcasmo, do exagero e da caricatura, o autor revela uma trama que mistura elementos extremamente verossímeis com um cenário um tanto apocalíptico. A sensação é que as personagens desta obra foram extraídas ora das páginas dos jornais ora dos rincões do nosso país. Parte da graça desta leitura está em perceber a relação simbiótica entre a ficção e a realidade.

Para o leitor mais atento e com bom repertório, o texto engraçado de Sousa descortina uma intrincada rede de referências literárias que vão de Albert Camus (*A Peste*) a Rubem Fonseca (*Passeio Noturno*). É aí que *A Peste das Batatas* ganha em força narrativa e em charme. Se a camada mais superficial do texto agrada ao público que busca apenas uma leitura recreativa e divertida, por outro lado a camada mais profunda do livro esconde boas discussões de cunho filosófico. Por isso, não se atenha apenas à leveza e ao humor do romance. Mergulhe nas entrelinhas e procure as incontáveis pérolas que só os mais sagazes autores conseguem produzir. Sutileza é o nome do jogo praticado por Paulo Sousa. Ele trata de assuntos sérios e bastante delicados com um verniz de deboche e com uma aura de amenidade.

Por exemplo, a corrupção é algo exclusivo dos políticos brasileiros ou é uma característica da nossa sociedade como um todo? Para responder à questão tão espinhosa, Paulo Sousa cria um protagonista com um perfil mais próximo do anti-herói do que do herói tradicional. Doutor Jameson é egoísta, orgulhoso, ganancioso, hedonista e, por que não, corrupto. Diria até que ele é "sutilmente" corrupto (seria essa uma marca da nossa cultura?). Em muitos momentos, o cientista está mais preocupado com sua reputação, com sua carreira e, principalmente, com as mordomias recebidas do governo federal do que com o bem-estar da população brasileira.

Jameson é tão larápio, tão larápio que chega ao ponto de roubar o protagonismo do romance de Omar, um pobre coitado enganado por todos (até pelo autor do livro). Sem dúvida nenhuma, esse é o lance mais incrível da *A Peste das Batatas*. Sim, Omar Salgado é uma vítima não apenas dentro do romance de Paulo Sousa, mas também em relação à sua estrutura narrativa. É surpreendente notar a materialização desse crime literário! A migração do texto de terceira pessoa do singular para a primeira pessoa do singular passa por esse processo de usurpação da formação do herói. Não à toa, Jameson sente-se tão culpado em relação ao amigo no final da narrativa. Juro que fiquei refletindo cá com meus botões: se ele faz isso com um amigo, imagine o que não é capaz de fazer com as outras pessoas, hein?

Se por um lado Doutor Jameson exerce o posto de anti-herói da trama, não dá para terminar a leitura de *A Peste das Batatas* sem refletir um pouco sobre o papel exercido por Omar. O pequeno proprietário rural do Vale das Batatas é, de certa maneira, uma versão atual e mais instruída (diria classe média) de Fabiano, personagem clássica de Graciliano Ramos. Tanto Omar (agora) quanto Fabiano (no passado) sofrem/sofreram com a tirania dos poderosos e com a injustiça das engrenagens sociais do seu país – essas as verdadeiras vilãs da história. Naturalmente, o leitor se solidariza com uma figura trabalhadora, oprimida e de coração puro que não consegue alcançar o que é seu por direito.

Outro ponto que chamou minha atenção em *A Peste das Batatas* é o seu desfecho catártico. Fiquei pensando se o desenlace do romance foi o resultado de um processo racional ou veio do subconsciente de Paulo Sousa. Sinceramente, acredito mais na segunda hipótese. Afinal, o escritor, como qualquer cidadão minimamente consciente das injustiças sociais em que está inserido, também tem necessidade de canalizar seus desejos e suas vontades para algum lugar. Ainda bem que, nesse caso, foi para a produção ficcional. Independentemente da discussão sobre o que é certo e o que é errado, atire a primeira pedra quem nunca pensou em agir como Omar Salgado na parte final deste livro!

Nesse sentido, lembrei das palavras de Sigmund Freud em *Obras Completas – Volume 8: O Delírio e os Sonhos na Gradiva, Análise da Fobia de Um Garoto de Cinco Anos e Outros Textos*. No capítulo *O Escritor e a Fantasia*, o pai da psicanálise relaciona o processo de criação literária ao ato das crianças de brincar. Assim, o autor ficcional constrói histórias que dão vazão aos seus sentimentos mais íntimos. É na (re)criação da realidade fantasiosa da literatura que ele canaliza um mundo como gostaria de ser ou age, na pele de suas personagens, como adoraria se comportar no mundo real.

> *O escritor faz o mesmo que a criança ao brincar; constrói um mundo de fantasia que leva bastante a sério, ou seja, dota de grandes montantes de afeto, ao mesmo tempo que o separa*

> *da realidade (...). Mas a irrealidade do mundo imaginário traz consequências importantes para a técnica artística, pois muitas coisas que, sendo reais, não poderiam dar prazer, podem proporcioná-lo no jogo da fantasia, muitas emoções que são dolorosas em si mesmas podem se tornar fonte de fruição para os ouvintes e espectadores do escritor (...). A meu ver, todo o prazer estético que o escritor nos propicia tem o caráter de um prazer preliminar desse tipo, e a autêntica fruição da obra literária vem da libertação de tensões da nossa psique. E talvez contribua para isso, em não pequena medida, o fato de que o escritor nos permite desfrutar nossas próprias fantasias sem qualquer recriminação e sem pudor* (FREUD, 1908, 325-338).

Fazia um bom tempo que eu não lia uma obra cômica com tanto conteúdo crítico. Felizmente, *A Peste das Batatas* retoma um estilo que (não sei o porquê) foi preterido nas últimas duas décadas pela maioria dos autores brasileiros. De cabeça, recordo de títulos recentes de Reinaldo Moraes, Marcelo Rubens Paiva, José Roberto Torero, Jô Soares e Antônio Prata. Essas obras foram publicadas no século XX e dão continuidade à comédia na literatura nacional. Portanto, Paulo Sousa segue a tradição de escancarar os dramas do nosso país sob a ótica do bom humor - não há nada mais brasileiro do que rir de suas próprias desgraças.

Se olharmos mais para trás, Sousa caminha lado a lado com nomes como Manuel Antônio de Almeida, Machado de Assis, Lima Barreto, Oswald de Andrade e Mário de Andrade. Sob a perspectiva da segunda metade do século XX, diria que *A Peste das Batatas* dá prosseguimento ao legado de Campos de Carvalho, José Cândido de Carvalho, Ignácio de Loyola Brandão, Nelson Rodrigues, Márcio Souza, Ariano Suassuna, Luís Fernando Veríssimo, Millôr Fernandes, Eleonora V. Vorsky, Fernando Sabino, Diogo Mainardi, João Ubaldo Ribeiro, Dalton Trevisan, Mário Prata e tantos outros que nos faziam morrer de rir sem deixar de transmitir mensagens contundentes sobre a realidade brasileira.

Ricardo Bonacorci
Crítico literário do Blog Bonas Histórias e
editor da Editora Pomelo

Pomelo